Amor de perdição

COLEÇÃO A OBRA-PRIMA DE CADA AUTOR

Amor de perdição

CAMILO CASTELO BRANCO

TEXTO INTEGRAL

4ª Edição

A ortografia deste livro foi atualizada segundo o Acordo Ortográfico da Língua Portuguesa (1990), que passou a vigorar em 2009.

MARTIN CLARET

CONSELHO EDITORIAL
Martin Claret

PRODUÇÃO EDITORIAL
Taís Gasparetti

CAPA
Ilustração: Retro angel, *Natali, 777 / Shutterstock* Portrait of beautiful woman, *Deep Green / Shutterstock*

MIOLO
Revisão: Pedro Baraldi
Projeto gráfico: José Duarte T. de Castro
Editoração eletrônica: Editora Martin Claret
Impressão e acabamento: Paulus Gráfica

Dados Internacionais de Catalogação na Publicação (CIP)
(Câmara Brasileira do Livro, SP, Brasil)

Castelo Branco, Camilo, 1825-1890.
Amor de perdição / Camilo Castelo Branco. — 3. ed. — São Paulo: Martin Claret, 2011. — (Coleção a obra-prima de cada autor; 15)

"Texto integral"
ISBN 978-85-7232-340-6

1. Romance português I. Título. II. Série.

11-06896 CDD-869.3

Índices para catálogo sistemático:

1. Romances: Literatura portuguesa 869.3

EDITORA MARTIN CLARET LTDA.
Rua Alegrete, 62 – Bairro Sumaré – CEP: 01254-010 – São Paulo – SP
Tel.: (11) 3672-8144 – Fax: (11) 3673-7146
www.martinclaret.com.br / editorial@martinclaret.com.br

9ª REIMPRESSÃO – 2018

Sumário

❖

PALAVRAS DO EDITOR

A história do livro e a coleção "A obra-prima de cada autor"

MARTIN CLARET

Que é o livro? Para fins estatísticos, na década de 1960, a UNESCO considerou o livro "uma publicação impressa, não periódica, que consta de no mínimo 56 páginas, sem contar as capas".

O livro é um produto industrial.

Mas também é mais do que um simples produto. O primeiro conceito que deveríamos reter é o de que o livro como objeto é o veículo, o suporte de uma informação. O livro é uma das mais revolucionárias invenções do homem.

A *Enciclopédia Abril* (1972), publicada pelo editor e empresário Victor Civita, no verbete "livro" traz concisas e importantes informações sobre a história do livro. A seguir, transcrevemos alguns tópicos desse estudo didático.

O livro na Antiguidade

Antes mesmo que o homem pensasse em utilizar determinados materiais para escrever (como, por exemplo, fibras vegetais e tecidos), as bibliotecas da Antiguidade estavam repletas de textos gravados em tabuinhas de barro cozido. Eram os primeiros "livros", depois progressivamente modificados até chegarem a ser feitos — em grandes tiragens — em papel impresso mecanicamente, proporcionando facilidade de leitura e transporte. Com eles, tornou-se possível, em todas as épocas, transmitir fatos, acontecimentos históricos, descobertas, tratados, códigos ou apenas entretenimento.

Como sua fabricação, a função do livro sofreu enormes modificações dentro das mais diversas sociedades, a ponto de constituir uma mercadoria especial, com técnica, intenção e utilização determinadas. No moderno movimento editorial das chamadas sociedades de consumo, o livro pode ser considerado uma mercadoria cultural, com maior ou menor significado no contexto socioeconômico em que é publicado. Enquanto mercadoria, pode ser comprado, vendido ou trocado. Isso não ocorre, porém, com sua função intrínseca, insubstituível: pode-se dizer que o livro é essencialmente um instrumento cultural de difusão de ideias, transmissão de conceitos, documentação (inclusive fotográfica e iconográfica), entretenimento ou ainda de condensação e acumulação do conhecimento. A palavra escrita venceu o tempo, e o livro conquistou o espaço. Teoricamente, toda a humanidade pode ser atingida por textos que difundem ideias que vão de Sócrates e Horácio a Sartre e McLuhan, de Adolf Hitler a Karl Marx.

Espelho da sociedade

A história do livro confunde-se, em muitos aspectos, com a história da humanidade. Sempre que escolhem frases e temas, e transmitem ideias e conceitos, os escritores estão elegendo o que consideram significativo no momento histórico e cultural que vivem. E, assim, fornecem dados para a análise de sua sociedade. O conteúdo de um livro — aceito, discutido ou refutado socialmente — integra a estrutura intelectual dos grupos sociais.

Nos primeiros tempos, o escritor geralmente vivia em contato direto com seu público, que era formado por uns poucos letrados, já cientes das opiniões, ideias, imaginação e teses do autor, pela própria convivência que tinham com ele. Muitas vezes, mesmo antes de ser redigido o texto, as ideias nele contidas já haviam sido intensamente discutidas pelo escritor e parte de seus leitores. Nessa época, como em várias outras, não se pensava na enorme porcentagem de analfabetos. Até o século XV, o livro servia exclusivamente a uma pequena minoria de sábios e estudiosos que constituíam os círculos intelectuais (confinados aos mosteiros durante o começo da Idade Média) e que tinham acesso às bibliotecas, cheias de manuscritos ricamente ilustrados.

Com o reflorescimento comercial europeu, nos fins do século XIV, burgueses e comerciantes passaram a integrar o mercado livreiro da época. A erudição laicizou-se e o número de escritores aumentou, surgindo também as primeiras obras escritas em línguas que não o latim e o grego (reservadas aos textos clássicos e aos assuntos considerados dignos de atenção). Nos séculos XVI e XVII, surgiram diversas literaturas nacionais, demonstrando, além do florescimento intelectual da época, que a população letrada dos países europeus estava mais capacitada a adquirir obras escritas.

Cultura e comércio

Com o desenvolvimento do sistema de impressão de Gutenberg, a Europa conseguiu dinamizar a fabricação de livros, imprimindo, em cinquenta anos, cerca de 20 milhões de exemplares para uma população de quase 10 milhões de habitantes, cuja maioria era analfabeta. Para a época, isso significou enorme revolução, demonstrando que a imprensa só se tornou uma realidade diante da necessidade social de ler mais.

Impressos em papel, feitos em cadernos costurados e posteriormente encapados, os livros tornaram-se empreendimento cultural e comercial: os editores passaram logo a se preocupar com melhor apresentação e redução de preços. Tudo isso levou à comercialização do livro. E os livreiros baseavam-se no gosto do público para imprimir, principalmente obras religiosas, novelas, coleções de anedotas, manuais técnicos e receitas.

Mas a porcentagem de leitores não cresceu na mesma proporção que a expansão demográfica mundial. Somente com as modificações socioculturais e econômicas do século XIX — quando o livro começou a ser utilizado também como meio de divulgação dessas modificações e o conhecimento passou a significar uma conquista para o homem, que, segundo se acreditava, poderia ascender socialmente se lesse — houve um relativo aumento no número de leitores, sobretudo na França e na Inglaterra, onde alguns editores passaram a produzir obras completas de autores famosos, a preços baixos. O livro era então interpretado como símbolo de liberdade, conseguida por conquistas culturais. Entretanto, na maioria dos países, não houve nenhuma grande modificação nos índices porcentuais até o fim da Primeira Guerra Mundial (1914/18), quando surgiram as primeiras grandes tiragens de um só livro, principalmente romances, novelas e textos didáticos. O número elevado de cópias, além de baratear o preço da unidade, difundiu ainda mais a literatura. Mesmo assim, a maior parte da população de muitos países continuou distanciada, em parte porque o livro, em si, tinha sido durante muitos séculos considerado objeto raro, atingível somente por um pequeno número de eruditos. A grande massa da população mostrou maior receptividade aos jornais, periódicos e folhetins, mais dinâmicos e atualizados, e acessíveis ao poder aquisitivo da grande maioria. Mas isso não chegou a ameaçar o livro como símbolo cultural de difusão de ideias, como fariam, mais tarde, o rádio, o cinema e a televisão.

O advento das técnicas eletrônicas, o aperfeiçoamento dos métodos fotográficos e a pesquisa de materiais praticamente imperecíveis fazem alguns teóricos da comunicação de massa pensarem em um futuro sem os livros tradicionais (com seu formato quadrado ou retangular, composto de folhas de papel, unidas umas às outras por um dos lados). Seu conteúdo e suas mensagens (racionais ou emocionais) seriam transmitidos por outros meios, como por exemplo microfilmes e fitas gravadas.

A televisão transformaria o mundo todo em uma grande "aldeia" (como afirmou Marshall McLuhan), no momento em que todas as sociedades decretassem sua prioridade em relação aos textos escritos. Mas a palavra escrita dificilmente deixaria de ser considerada uma das mais importantes heranças culturais, entre todos os povos.

Através de toda a sua evolução, o livro sempre pôde ser visto como objeto cultural (manuseável, com forma entendida e interpretada em função de valores plásticos) e símbolo cultural (dotado de conteúdo, entendido e interpretado em função de valores semânticos). As duas maneiras podem fundir-se no pensamento coletivo, como um conjunto orgânico (onde texto e arte se completam, por exemplo, em um livro de arte) ou apenas como um conjunto textual (onde a mensagem escrita vem em primeiro lugar — em um livro de matemática, por exemplo).

A mensagem (racional, prática ou emocional) de um livro é sempre intelectual e pode ser revivida a cada momento. O conteúdo, estático em si, dinamiza-se em função da assimilação das palavras pelo leitor, que pode discuti-las, reafirmá-las, negá-las ou transformá-las. Por isso, o livro pode ser considerado instrumento cultural capaz de liberar informação, sons, imagens, sentimentos e ideias através do tempo e do espaço. A quantidade e a qualidade de ideias colocadas em um texto podem ser aceitas por uma sociedade, ou por ela negadas, quando entram em choque com conceitos ou normas culturalmente admitidos.

Nas sociedades modernas, em que a classe média tende a considerar o livro como sinal de *status* e cultura (erudição), os compradores utilizam-no como símbolo mesmo, desvirtuando suas funções ao transformá-lo em livro-objeto. Mas o livro é, antes de tudo, funcional — seu conteúdo é que lhe dá valor (os livros de ciências, filosofia, religião, artes, história e geografia, que representam cerca de 75% dos títulos publicados anualmente em todo o mundo).

O mundo lê mais

No século XX, o consumo e a produção de livros aumentaram progressivamente. Lançado logo após a Segunda Guerra Mundial (1939/45), quando uma das características principais da edição de um livro eram as capas entreteladas ou cartonadas, o livro de bolso constituiu um grande êxito comercial. As obras — sobretudo *best sellers* publicados algum tempo antes em edições de luxo — passaram a ser impressas em rotativas, como as revistas, e distribuídas nas bancas de jornal. Como as tiragens elevadas permitiam preços muito baixos, essas edições de bolso popularizaram-se e ganharam importância em todo o mundo.

Até 1950, existiam somente livros de bolso destinados a pessoas de baixo poder aquisitivo; a partir de 1955, desenvolveu-se a categoria do livro de bolso "de luxo". As características principais destes últimos eram a abundância de coleções — em 1964 havia mais de duzentas, nos Estados Unidos — e a variedade de títulos, endereçados a um público intelectualmente mais refinado. A essa diversificação das categorias adiciona-se a dos pontos de venda, que passaram a abranger, além das bancas de jornal, farmácias, lojas, livrarias, etc. Assim, nos Estados Unidos, o número de títulos publicados em edições de bolso chegou a 35 mil em 1969, representando quase 35% do total dos títulos editados.

Enciclopédia Abril, vol. 7. São Paulo: Abril, 1973, p. 2840-2842.

Proposta da coleção "A Obra-Prima de Cada Autor"

"Coleção" é uma palavra há muito tempo dicionarizada e define o conjunto ou reunião de objetos da mesma natureza ou que têm alguma relação entre si. Em um sentido editorial, significa o conjunto não limitado de obras de autores diversos, publicado por uma mesma editora, sob um título geral indicativo de assunto ou área, para atendimento de segmentos definidos do mercado.

A coleção "A Obra-Prima de Cada Autor" corresponde plenamente à definição acima mencionada. Nosso principal objetivo é oferecer, em formato de bolso, a obra mais importante de cada autor, satisfazendo o leitor que procura qualidade.*

Desde os tempos mais remotos existiram coleções de livros. Em Nínive, em Pérgamo e na Anatólia existiam coleções de obras literárias de grande importância cultural. Mas nenhuma delas superou a célebre biblioteca de Alexandria, incendiada em 48 a.C. pelas legiões de Júlio César, quando estas arrasaram a cidade.

A coleção "A Obra-Prima de Cada Autor" é uma série de livros a ser composta por mais de 400 volumes, em formato de bolso, com preço altamente competitivo, e pode ser encontrada em centenas de pontos de venda. O critério de seleção dos títulos foi o já estabelecido pela tradição e pela crítica especializada. Em sua maioria, são obras de ficção e filosofia, embora possa haver textos sobre religião, poesia, política, psicologia e obras de autoajuda. Inauguram a coleção quatro textos clássicos: *Dom Casmurro*, de Machado de Assis; *O príncipe*, de Maquiavel; *Mensagem*, de Fernando Pessoa; e *O lobo do mar*, de Jack London.

Nossa proposta é fazer uma coleção quantitativamente aberta. A periodicidade é mensal. Editorialmente, sentimo-nos orgulhosos de poder oferecer a coleção "A Obra-Prima de Cada Autor" aos leitores brasileiros. Nós acreditamos na função do livro.

---

* Atendendo a sugestões de leitores, livreiros e professores, a partir de certo número da coleção, começamos a publicar, de alguns autores, outras obras além da sua obra-prima.

Apresentação

Romantismo

TAÍS GASPARETTI[1]

O Romantismo foi um movimento literário que se iniciou na Europa, no final do século XVIII.

Em oposição à objetividade, ao racionalismo e à retomada dos valores clássicos do Arcadismo, o Romantismo foi um movimento marcado por subjetividade, valorização das emoções, idealismo, individualismo, busca da liberdade de criação, espiritualidade, valorização do passado e nacionalismo.

Contexto histórico

Nascido no contexto da Revolução Francesa, o Romantismo teve início na Europa em um momento em que, em razão da falência dos impérios feudais, o poder passava das mãos da nobreza para as da burguesia. A ascensão da classe burguesa provocou então uma alteração no público consumidor de literatura, que se tornou mais popular. Assim, surgiram os primeiros folhetins nos jornais, constituídos de

---

[1] Graduada em Letras pela Unicamp, professora na rede particular e pública de ensino, redatora, *ghost writer* e revisora de textos.

uma literatura extremamente sentimentalista, com o intuito de atrair leitores.

Em Portugal, o Romantismo teve como marco a publicação do poema "Camões", de Almeida Garrett, em 1825.

Influências

Alguns filósofos dessa época foram importantes também por influenciar a constituição dos ideais românticos e, consequentemente, o início do movimento. Dentre eles, destacamos:

Jean-Jacques Rousseau (1712-1778) – filósofo suíço considerado precursor do Romantismo. Responsável pela teoria do "bom selvagem", que postulava ideias como: "o homem é bom por natureza. É a sociedade que o corrompe" e "a maioria de nossos males é obra nossa e os evitaríamos, quase todos, conservando uma forma de viver simples, uniforme e solitária que nos era prescrita pela natureza".

Johann Gottlieb Fichte (1762-1814) – filósofo alemão que afirmava que o racionalismo era apenas uma parte do intelecto, ao lado de outros aspectos, como experiência, intuição, imaginação, entre outros. Por isso a influência aos românticos.

Friedrich Wilhelm Joseph von Schelling (1775-1854) – filósofo alemão considerado um dos mais importantes do Idealismo alemão pós-kantiano. Afirmava que "o único conhecimento possível é o que a consciência tem de si própria", assim, o único saber relevante era o autoconhecimento, ideia relacionada ao individualismo e subjetivismo dos escritores românticos.

O Autor

Nascido em Lisboa, em 16 de março de 1825, Camilo Castelo Branco era filho "bastardo" de Manuel Joaquim Botelho Castelo Branco, um aristocrata. Órfão de mãe, e posteriormente de pai, muito cedo, foi criado por parentes e educado informalmente por padres.

Formou-se em Direito, mas optou por exercer o jornalismo. Por seu caráter satírico e idealista, teve problemas com políticos, tendo sido agredido fisicamente diversas vezes.

Casou-se muito cedo, provavelmente por uma paixão arrebatadora – tipicamente romântica –, mas o casamento não durou muito. Envolveu-se então com muitas mulheres. O caso mais polêmico foi com Ana Plácido, por quem se apaixonou. Por ela ser casada, teve de raptá-la para que ficassem juntos. Ambos chegaram a ser presos e julgados – foi quando Camilo escreveu *Memórias do cárcere* e *Amor de Perdição*. O caso emocionou a opinião pública da época.

Camilo Castelo Branco viveu com Ana até o fim dos seus dias. No entanto, sua vida foi marcada por uma série de adversidades: os filhos, as dificuldades financeiras, a cegueira progressiva, a sífilis. Suicidou-se com um tiro na cabeça, em 1º de junho de 1890.

É interessante conhecer a biografia de Camilo Castelo Branco, pois estabelecem-se muitas relações com personagens e tramas de suas obras. Idealista, sentimental, sofredor, instável e insatisfeito, Camilo foi, não só na obra, como também na vida, um romântico.

O estilo de Camilo Castelo Branco

Camilo Castelo Branco costuma ter sua produção classificada pelos críticos como romântica. No entanto, alguns elementos de seu estilo levam outros a afirmar que o autor estaria entre os precursores do Realismo.

É verdade que há muito de sátira, ironia e sexualismo em sua obra, aspectos que destoam da estética do Romantismo. No entanto, foram diversas as críticas do autor ao movimento realista. No prefácio de *Amor de perdição*, ele chega a lamentar que vissem realismo em sua obra:

> "O bom-senso público relê isto, compara com aquilo, e vinga-se barrufando com frouxos de riso realista as páginas que há dez anos aljofarava com lágrimas românticas. (...) Se, por virtude da metempsicose, eu reaparecer na sociedade do século XXI, talvez me regozije de outra vez ver as lágrimas em moda nos braços da retórica (...)." ("Prefácio da quinta edição")

Em 1882, já oficialmente inaugurado o Realismo em Portugal, Camilo Castelo Branco publica *A brasileira de Prazins*, com características evidentes do Realismo/Naturalismo. Tornara-se um adepto? Satirizara o movimento? A crítica não chega a um consenso quanto a isso.

Cabe ressaltar, no entanto, que, apesar de sua obra possuir traços que destoam da estética romântica (principalmente nas últimas publicações), o autor apresenta um estilo novelesco típico do Romantismo, com narrativas cheias de sentimentalismo e acontecimentos dramáticos. Além disso, seus finais trágicos são coerentes com as tendências da segunda geração. Assim, é certo que seu estilo é essencialmente romântico.

Sobre *Amor de Perdição*

Considerado o *Romeu e Julieta* lusitano, *Amor de perdição* é a obra-prima de Camilo Castelo Branco. Publicado em 1862, o romance foi escrito na cadeia da Relação do Porto, em 1861, durante o tempo em que o autor esteve preso por envolver-se com Ana Plácido, uma mulher casada. A obra, como grande parte de sua produção, é repleta de elementos autobiográficos.

O enredo se passa em torno de um amor proibido entre Simão Botelho, um jovem temperamental e engajado com os princípios jacobinistas, e Teresa de Albuquerque, exemplo de heroína típica do Romantismo, "mulher-anjo", devotada e resoluta em seu amor. Os personagens são vizinhos e acabam por se apaixonar, mesmo diante da impossibilidade de concretização desse amor em virtude do ódio que suas famílias sentem uma da outra. Os dois mantêm então um namoro silencioso através das janelas e vivem um amor puro e virtuoso, que redime os erros e transforma suas personalidades. No entanto, esse mesmo amor marcado pela pureza será responsável por uma série de tragédias.

A novela é caracterizada pelo drama e pela fatalidade, e os personagens são "mártires do amor", que consideram o amor impossível o mais sublime de todos e que, no sofrimento, encontram um sentido profundo para a existência.

Na obra de Camilo Castelo Branco, o tema do amor desenfreado e profundo é recorrente e o traço principal da sua novelística. Tudo é passional, e a concepção do amor é marcada pela transcendência, como uma espécie de destino fatal do qual não se pode fugir, que domina, orienta e define a vida dos personagens. Assim, a paixão ora se choca diretamente com as necessidades do mundo social, ora representa uma busca angustiante de algum sentido para a vida.

Sobre Amor de Perdição

Amor de perdição

Ao
Ilmo. e Exmo. Sr.
Antônio Maria de Fontes Pereira de Melo
dedica
O Autor

Ilmo. e Exmo. Sr.

Há de pensar muita gente que V. Exa. não dá valor algum a este livro, que a minha gratidão lhe dedica, porque muita gente está persuadida que ministros do Estado não leem novelas. É um engano. Uma vez, ouvi eu um colega de V. Exa. discorrer no parlamento acerca de caminhos de ferro. Com tanto engenho o fazia, de tantas flores matizara aquela matéria, que me deleitou ouvi-lo. Na noite desse dia encontrei o colega de V. Exa. a ler a "Fanny", aquela "Fanny" que sabia tanto de caminhos de ferro como eu.

Que V. Exa. tem romances na sua biblioteca, é convicção minha. Que lá tem alguns que não leu, porque o tempo lhe falece, e outros porque não merecem tempo, também o creio. Dê V. Exa., no lote dos segundos, um lugar a este livro, e terá assim V. Exa. significado que o recebe e aprecia, por levar em si o nome do mais agradecido e respeitador criado de V. Exa.

Na cadeia da Relação do Porto, aos 24 de setembro de 1861.

Camilo Castelo Branco

Prefácio da segunda edição

Nas *Memórias do Cárcere,* referindo-me ao romance que novamente se imprime, escrevi estas linhas:

O romance, escrito em seguimento daquele (o Romance de um Homem Rico) *foi o* Amor de Perdição. *Desde menino, ouvia eu contar a triste história de meu tio paterno Simão Antônio Botelho. Minha tia, irmã dele, solicitada por minha curiosidade, estava sempre pronta a repetir o fato aligado à sua mocidade. Lembrou-me naturalmente, na cadeia, muitas vezes, meu tio, que ali deveria estar inscrito no livro das entradas no cárcere e no das saídas para o degredo. Folheei os livros desde os de 1800, e achei a notícia com* pouca *fadiga, e alvoroços de contentamento, como se em minha alçada estivesse adornar-lhe a memória como recompensa das suas trágicas e afrontosas dores em vida tão breve. Sabia eu que em casa de minha irmã estavam acantoados uns maços de papéis antigos, tendentes a esclarecer a nebulosa história de meu tio. Pedi aos contemporâneos que o conheceram notícias e miudezas a fim de entrar de consciência naquele trabalho. Escrevi o romance em quinze dias, os mais atormentados de minha vida. Tão horrorizada tenho deles a memória, que nunca mais abrirei o* Amor de Perdição, *nem lhe passarei a lima sobre os defeitos nas edições futuras, se é que não saiu tolhiço incorrigível da primeira. Não sei se lá digo que meu tio Simão chorava, e menos sei se o leitor; chorou com ele. De mim lhe juro que...*

Vão passados quase dois anos, depois que protestei não mais abrir este romance. No decurso de dois anos tive de afrontar-me com uns infortúnios menos vulgares que a privação da liberdade, e esqueci o horror dos outros, a ponto de os recordar sem espanto, e simplesmente como fuzis indispensáveis nesta minha cadeia, em que já me vou retorcendo e saboreando com infernal deleitação. Abri o livro, como se o tivesse escrito nos dias mais festivos da minha mocidade; se bem que eu falo em dias de mocidade por me dizer a minha certidão de idade que eu já fui moço; que, no tocante às festas de juventude, estou agora esperando que elas venham no outono, e é de crer que venham, acamaradas como o reumatismo e gota. Este livro, cujo êxito se me antolhava mau, quando eu o ia escrevendo, teve uma recepção de primazia sobre todos os seus irmãos. Movia-me à desconfiança o ser ele triste, sem interpolação de risos, sombrio, e rematado por catástrofe de confranger o ânimo dos leitores, que se interessam na boa sorte de uns e no castigo de outros personagens. Em honra e louvor das pessoas que estimaram o meu livro, confessarei agradavelmente que julguei mal delas. Não aprovo a qualificação; mas a crítica escrita conformou-se com a opinião da maioria, que antepõe o *Amor de Perdição* ao *Romance de um Homem Rico* e às *Estrelas Propícias*.

É grande parte neste favorável, embora insustentável juízo a rapidez das peripécias, a derivação concisa do diálogo para os pontos essenciais do enredo, a ausência de divagações filosóficas, a lhaneza da linguagem e desartifício das locuções. Isto enquanto a mim, não pode ser um merecimento absoluto. O romance que não estribar em outras recomendações mais sólidas deve ter uma voga muito pouco duradoura.

Estou quase convencido de que o romance, tendendo a apelar da íníqua sentença que o condena a fulgir e apagar-se, tem de firmar sua duração em alguma espécie de utilidade, tal como o estudo da alma ou a pureza do dizer. E dou mais pelo segundo merecimento; que a alma está sobejamente estudada e desvelada nas literaturas antigas, em nome e por amor das quais muita gente abomina o romance moderno, e jura morrer sem ter lido o melhor do mais apregoado autor. Dou-me por suspeito nesta questão. Graças a Deus, ainda não escrevi duas linhas a meu favor, nem sequer nos locais do jornalismo. Até escrupulizo em dizer que devem ler-se romances, não vão cuidar que eu recomendo os meus.

É certo que tenho querido imprimir em alguns de meus livros o cunho da utilidade com o valor da linguagem sã e ajeitada à expressão de ideias, que pareciam estranhas, como de feito eram, e não se nos deparam nos escritos dos Sousas, Lucenas e Bernardes. Em verdade, foi isto mirar muito longe com vista muito curta; assim mesmo, fiz o que pude; e neste livro direi que fiz menos do que podia. Nos *quinze atormentados dias* em que o escrevi, faleceu-me o vagar e contenção que requer o acepilhar e brunir períodos. O que eu queria era afogar as horas, e afogar talvez a necessidade de vender o meu tempo, as minhas meditações silenciosas, e o direito de me espreguiçar como toda a gente, e o prazer ainda de ser tão lustroso na linguagem, quanto, em diversas circunstâncias, podia ser.

O que então não fiz, também agora o não faço, senão em pouquíssimo e muito de corrida. O livro agradou como está. Seria desacerto e ingratidão demudar sensivelmente, quer na essência, quer na compostura, o que, tal qual é, foi bem recebido.

Porto, setembro de 1863.

Camilo Castelo Branco

❖

Prefácio da quinta edição

Publiquei, há vinte e dois anos, o romance *Onde Está a Felicidade?* — Pouco depois, Alexandre Herculano, republicando as *Lendas e Narrativas,* escrevia na Advertência: "... Nestes quinze ou vinte anos, criou-se uma literatura, e pode dizer-se que não há ano que não lhe traga um progresso. Desde as *Lendas e Narrativas* até o livro *Onde Está a Felicidade?,* que vasto espaço transposto!"

Se comparo o *Amor de Perdição*, cuja 5ª edição me parece um êxito fenomenal e extralusitano, com *O Crime do Padre Amaro* e *O Primo Basílio*, confesso, voluntariamente resignado, que para o esplendor destes dois livros foi preciso que a Arte se ataviasse dos primores lavrados no transcurso de dezesseis anos. O *Amor de Perdição*, visto à luz elétrica do criticismo moderno, é um romance romântico, declamatório, com bastantes aleijões líricos, e umas ideias celeradas que chegam a tocar no desaforo do sentimentalismo. Eu não cessarei de dizer mal desta novela, que tem a boçal inocência de não devassar alcovas, a fim de que as senhoras a possam ler nas salas, em presença de suas filhas ou de suas mães, e não precisem de esconder-se com o livro no seu quarto de banho. Dizem, porém, que o *Amor de Perdição* fez chorar. Mau foi isso. Mas, agora, como indenização, faz rir: tornou-se cômico pela seriedade antiga, pelo raposinho que lhe deixou o ranço das velhas histórias do Trancoso e do padre Teodoro de Almeida.

E por isso mesmo se reimprime. O bom senso público relê isto, compara com aquilo, e vinga-se barrufando com frouxos de riso realista as páginas que há dez anos aljofarava com lágrimas românticas.

Faz-me tristeza pensar que eu floresci nesta futilidade da novela quando as dores da alma podiam ser descritas sem grande desaire da gramática e da decência. Usava-se então retórica de preferência ao calão. O escritor antepunha a frequência de Quintiliano à do *Colete-encarnado*. A gente imaginava que os alcouces não abriam gabinetes de leitura e artes correlativas. Ai! quem me dera ter antes desabrochado hoje com os punhos arregaçados para espremer o pus de muitas escrófulas à face do leitor! Naquele tempo, enflorava-se a pústula; agora, a carne com vareja pendura-se na escápula e vende-se bem, porque muita gente não desgosta de se narcisar num espelho fiel.

Pois que estou a dobrar o cabo tormentório da morte, já não verei aonde vai desaguar este enxurro que rola no bojo a Ideia Novíssima. Como a honestidade é a alma da vida civil, e o decoro é o nó dos liames que atam a sociedade, lembra-me se vergonha e sociedade ruirão ao mesmo tempo por defeito de uma grande evolução-rigolboche. A lógica diz isto; mas a Providência, que usa mais da metafísica que da lógica, provavelmente fará outra coisa. Se, por virtude da metempsicose, eu reaparecer na sociedade do século XXI, talvez me regozije de ver outra vez as lágrimas em moda nos braços da retórica, e esta 5ª edição do *Amor de Perdição* quase esgotada.

S. Miguel de Seide, 8 de fevereiro 1879.

Camilo Castelo Branco

❖

INTRODUÇÃO

Folheando os livros de antigos assentamentos no cartório das cadeias da Relação do Porto, li, no das entradas dos presos desde 1803 a 1805, à folha 232, o seguinte:

Simão Antônio Botelho, que assim disse chamar-se, ser solteiro, e estudante na Universidade de Coimbra, natural da cidade de Lisboa, e assistente na ocasião de sua prisão na cidade de Viseu, idade de dezoito anos, filho de Domingos José Correia Botelho e de D. Rita Preciosa Caldeirão Castelo Branco; estatura ordinária, cara redonda, olhos castanhos, cabelo e barba preta, vestido com jaqueta de baetão azul, colete de fustão pintado e calça de pano pedrês. E fiz este assento, que assinei – Filipe Moreira Dias.

À margem esquerda deste assento está escrito:

Foi para a Índia em 17 de março de 1807.

Não seria fiar demasiadamente na sensibilidade do leitor, se cuido que o degredo de um moço de dezoito anos lhe há de fazer dó.

Dezoito anos! O arrebol dourado e escarlate da manhã da vida! As louçanias do coração que ainda não sonha em frutos, e todo se embalsama no perfume das flores! Dezoito anos! O amor daquela idade! A passagem do seio da família, dos braços da mãe, dos beijos das irmãs para as carícias mais doces da virgem, que se lhe abre ao lado como flor da mesma sazão e dos mesmos aromas, e à mesma hora da vida! Dezoito anos!... E degredado da pátria, do amor e da família! Nunca mais o céu de Portugal, nem mãe, nem reabilitação, nem dignidade, nem um amigo!... É triste!

O leitor decerto se compungia; e a leitora, se lhe dissessem em menos de uma linha a história daqueles dezoito anos, choraria!

Amou, perdeu-se e morreu amando.

É a história. E história assim poderá ouvi-la a olhos enxutos a mulher, a criatura mais bem formada das branduras da piedade, a que por vezes traz consigo do céu um reflexo da divina misericórdia?! Essa, a minha leitora, a carinhosa amiga de todos os infelizes, não choraria se lhe dissessem que o pobre moço perdera honra, reabilitação, pátria, liberdade, irmãs, mãe, vida, tudo por amor da primeira mulher que o despertou do seu dormir de inocentes desejos?!

Chorava, chorava! Assim eu lhe soubesse dizer o doloroso sobressalto que me causaram aquelas linhas, de propósito procuradas, e lidas com amargura e respeito e, ao mesmo tempo, ódio. Ódio, sim... A tempo verão se é perdoável o ódio, ou se antes me não fora melhor abrir mão desde já de uma história que me pode acarear enojos dos trios julgadores do coração e das sentenças que eu aqui lavrar contra a falsa virtude de homens, feitos bárbaros em nome da sua honra.

❖

CAPÍTULO I

Domingos José Correia Botelho de Mesquita e Meneses, fidalgo de linhagem e um dos mais antigos solarengos de Vila Real de Trás-os-Montes, era, em 1779, juiz de fora de Cascais, e nesse mesmo ano casara com uma dama do paço, D. Rita Teresa Margarida Preciosa da Veiga Caldeirão Castelo Branco, filha dum capitão de cavalos, neta de outro, Antônio de Azevedo Castelo Branco Pereira da Silva, tão notável por sua hierarquia, como por um, naquele tempo, precioso livro acerca da Arte da Guerra.

Dez anos de enamorado, malsucedido, consumira em Lisboa o bacharel provinciano. Para fazer-se amar da formosa dama de *D. Maria I*[1] minguavam-lhe dotes físicos: Domingos Botelho era extremamente feio. Para se inculcar como partido conveniente a uma filha segunda, faltavam-lhe bens de fortuna: os haveres dele não excediam a trinta mil cruzados em propriedades no Douro. Os dotes de espírito não o recomendavam também: era alcançadíssimo de inteligência, e granjeara entre os seus condiscípulos da Universidade o epíteto de "brocas", com que ainda hoje os seus descendentes em Vila Real são conhecidos. Bem ou mal derivado, o epíteto *Brocas* vem de *broa*. Entenderam os acadêmicos que a rudeza do seu condiscípulo procedia de muito pão de milho que ele digerira na sua terra.

Domingos Botelho devia ter uma vocação qualquer, e tinha: era

---

[1] *D. Maria I:* D. Maria, a Piedosa — rainha de Portugal, mãe de D. João VI. Reinou de 1777 a 1816. Demitiu o marquês de Pombal de seu posto. Durante seu reinado, Portugal decaiu rapidamente. Perdeu a razão (pelo que é chamada no Brasil de *D. Maria, a Louca)*, vindo a morrer no Brasil. (N. do E.)

excelente flautista; foi a primeira flauta do seu tempo; e a tocar a flauta se sustentou dois anos em Coimbra, durante os quais seu pai lhe suspendeu as mesadas, porque os rendimentos da casa não bastavam a livrar outro filho de um crime de morte[2].

Formara-se Domingos Botelho em 1767, e fora a Lisboa ler no Desembargo do Paço, iniciação banal dos que aspiravam à carreira da magistratura. Já Fernão Botelho, pai do bacharel, fora bem aceite em Lisboa, e mormente ao duque de Aveiro, cuja estima lhe teve a cabeça em risco, na tentativa regicida de 1758. O provinciano saiu das masmorras da Junqueira ilibado da infamante nódoa, e até benquisto do conde de Oeiras, porque tomara parte na prova que este fizera do primor de sua genealogia sobre a dos Pintos Coelhos, do Bonjardim do Porto: pleito ridículo mas estrondoso movido pela recusa que o fidalgo portuense fizera de sua filha ao filho de Sebastião José de Carvalho.

As artes com que o bacharel flautista vingou insinuar-se na estima de D. Maria I e D. Pedro III não as sei eu. É tradição que o homem fazia rir a rainha com as suas facécias, e porventura com os trejeitos de que tirava o melhor do seu espírito. O certo é que Domingos Botelho frequentava o paço, e recebia do bolsinho da soberana uma farta pensão, com a qual o aspirante a juiz de fora se esqueceu de si, do futuro e do ministro da Justiça, que, muito rogado, fiara das suas letras o encargo de juiz de fora de Cascais.

Já está dito que ele se atreveu aos amores do paço, não poetando como Luís de Camões ou Bernardim Ribeiro; mas namorando na sua prosa provinciana, e captando a benquerença da rainha para amolecer as durezas da dama. Devia de ser, afinal, feliz o "doutor bexiga"

---

[2] Há vinte anos que eu ouvi de um coevo do fato a história do assassínio, assim contada: Era em quinta-feira santa. Marcos Botelho, irmão de Domingos, estava na festa de endoenças, em S. Francisco, defrontando-se com uma dama, namorada sua, e desleal dama que ela era. Noutro ponto da igreja, estava apontado em olhos e coração à mesma mulher um alferes de infantaria. Marcos enfreou o seu ciúme até ao final do ofício da Paixão. À saída do templo encarou no militar, e provocou-o. O alferes tirou da espada, e o fidalgo do espadim. Terçaram as armas longo tempo sem desaire, nem sangue. Amigos de ambos tinham conseguido aplacá-los, quando Luís Botelho, outro irmão de Marcos, desfechou uma clavina no peito do alferes, e ali, à entrada da "rua do Jogo da Bola", o derribou morto. O homicida foi livre por graça régia. (N. do A.)

— que assim era na corte conhecido — para se não desconcertar a discórdia em que andam rixados o talento e a felicidade. Domingos Botelho casou com D. Rita Preciosa. Rita era uma formosura, que ainda aos cinquenta anos se podia prezar de o ser. E não tinha outro dote, se não é dote uma série de avoengos, uns bispos, outros generais, e entre estes o que morrera frigido em caldeirão de não sei que terra da mourisma, glória, na verdade, um pouco ardente, mas de tal monta que os descendentes do general frito se assinaram *Caldeirões*.

A dama do paço não foi ditosa com o marido. Molestavam-na saudades da corte, das pompas das câmaras reais, e dos amores de sua feição e molde, que imolou ao capricho da rainha. Este desgostoso viver, porém, não empeceu que se reproduzissem em dois filhos e três meninas. O mais velho era Manuel, o segundo Simão; das meninas uma era Maria, a segunda Ana e a última tinha o nome de sua mãe, e alguns traços de beleza dela.

O juiz de fora de Cascais, solicitando lugar de mais graduado banco, demorava em Lisboa, na freguesia da Ajuda, em 1784. Neste ano é que nasceu Simão, o penúltimo dos seus filhos. Conseguiu ele, sempre balanceado da fortuna, transferência para Vila Real, sua ambição suprema.

À distância duma légua de Vila Real estava a nobreza da vila esperando o seu conterrâneo. Cada família tinha a sua liteira com o brasão da casa. A dos Correias de Mesquita era a mais antiquada no feitio, e as librés dos criados as mais surradas e traçadas que figuravam na comitiva.

D. Rita, avistando o préstito das liteiras, ajustou ao olho direito a sua grande luneta de ouro, e disse:

— Ó Meneses, aquilo que é?

— São os nossos amigos e parentes que vêm esperar-nos.

— Em que século estamos nós nesta montanha? — tornou a dama do paço.

— Em que século?! O século tanto é dezoito aqui como em Lisboa.

— Ah! sim? Cuidei que o tempo parara aqui no século doze...

O marido achou que devia rir-se do chiste, que o não lisonjeara grandemente.

Fernão Botelho, pai do juiz de fora, saiu à frente do préstito para dar a mão à nora, que apeava da liteira, e conduzi-la à de casa. D. Rita, antes de ver a cara de seu sogro, contemplou-lhe a olho armado as fivelas de aço, e a bolsa do rabicho. Dizia ela depois que os fidalgos de Vila Real eram muito menos limpos que os carvoeiros de Lisboa.

Antes de entrar na avoenga liteira de seu marido, perguntou, com a mais refalsada seriedade, se não haveria risco em ir dentro daquela antiguidade. Fernão Botelho asseverou a sua nora que a sua liteira não tinha ainda cem anos, e que os machos não excediam a trinta.

O modo altivo como ela recebeu as cortesias da nobreza — velha nobreza, que para ali viera em tempo de D. Dinis, fundador da vila — fez que o mais novo do préstito, que ainda vivia há doze anos, me dissesse a mim: "Sabíamos que ela era dama da Senhora D. Maria I; porém, da soberba com que nos tratou ficamos pensando que seria ela a própria rainha". Repicaram os sinos da terra quando a comitiva assomou à Senhora de Almudena. D. Rita disse ao marido que a recepção dos sinos era a mais estrondosa e barata.

Apearam à porta da velha casa de Fernão Botelho. A aia do paço relanceou os olhos pela fachada do edifício, e disse de si para si: "É uma bonita vivenda para quem foi criada em Mafra e Sintra, na Bemposta e Queluz..."

Decorridos alguns dias, D. Rita disse ao marido que tinha medo de ser devorada das ratazanas; que aquela casa era um covil de feras; que os tetos estavam a desabar; que as paredes não resistiriam ao inverno; que os preceitos de uniformidade conjugal não obrigavam a morrer de frio uma esposa delicada e afeita às almofadas do palácio dos reis. Domingos Botelho conformou-se com a estremecida consorte, e começou a fábrica dum palacete. Escassamente lhe chegavam os recursos para os alicerces; escreveu à rainha, e obteve generoso subsídio com que ultimou a casa. As varandas das janelas foram a última dádiva que a real viúva fez à sua dama. Quer-nos parecer que a dádiva é um testemunho, até agora inédito, da demência da Senhora D. Maria I.

Domingos Botelho mandara esculpir em Lisboa a pedra de armas; D. Rita, porém, teimara que no escudo se esquartejassem também as suas; mas era tarde, porque já a obra tinha vindo do escultor, e o magistrado não podia com segunda despesa, nem queria desgostar seu pai, orgulhoso de seu brasão. Resultou daqui ficar a casa sem armas e D. Rita vitoriosa[3].

O juiz de fora tinha ali parentela ilustre. O aprumo da fidalga dobrou-se até aos grandes da província, ou antes houve por bem

---

[3] É a casa-palacete da "rua da Piedade", hoje pertencente ao doutor Antônio Geraldo Monteiro. (N. do A. – 1ª ed.)

levantá-los até ela. D. Rita tinha uma corte de primos, uns que se contentavam de serem primos, outros que invejavam a sorte do marido. O mais audacioso não ousava fitá-la de rosto, quando o ela remirava com a luneta, em jeito de tanta altivez e zombaria, que não será estranha figura dizer que a luneta de Rita Preciosa era a mais vigilante sentinela da sua virtude.

Domingos Botelho desconfiava da eficácia dos merecimentos próprios para cabalmente encher o coração de sua mulher. Inquietava-o o ciúme: mas sufocava os suspiros, receando que Rita se desse por injuriada da suspeita. E razão era que se ofendesse. A neta do general frigido no caldeirão sarraceno ria dos primos, que, por amor dela, eriçavam e empeavam as cabeleiras com desgracioso esmero, e cavaleavam estrepitosamente na calçada os seus ginetes, fingindo que os picadores da província não desconheciam as graças hípicas do marquês de Marialva.

Não o cuidava assim, porém, o juiz de fora. O intriguista que lhe trazia o espírito em ânsias era o seu espelho. Via-se sinceramente feio, e conhecia Rita cada vez mais em flor, e mais enfadada no trato íntimo. Nenhum exemplo da história antiga, exemplo de amor sem quebra entre o esposo deforme e a esposa linda, lhe ocorria. Um só lhe mortificava a memória, e esse, conquanto fosse da fábula, era-lhe avesso, e vinha a ser o casamento de *Vênus e Vulcano*[4]. Lembravam-lhe as redes que o ferreiro coxo fabricava para apanhar os deuses adúlteros, e assombrava-se da paciência daquele marido. Entre si, dizia ele que, erguido o véu da perfídia, nem se queixaria a Júpiter, nem armaria ratoeiras aos primos. A par do bacamarte de Luís Botelho, que varara em terra o alferes, estava uma fileira de bacamartes em que o juiz de fora era entendido com muito superior inteligência à que revelava na compreensão do *Digesto*[5] e das *Ordenações do reino*[6].

---

[4] *Vênus e Vulcano:* Vênus era considerada a *deusa da beleza* entre os latinos (Afrodite para os gregos); Vulcano, *deus do fogo e do metal* (Hefesto para os gregos). Embora feio e coxo, desposou a deusa da beleza. Todavia foi traído por ela com Marte, *deus da guerra*. Os adúlteros foram pegos em flagrante através de uma rede fabricada e armada pelo ferreiro dos deuses. (N. do E.)

[5] *Digesto* e [6] *Ordenações do reino:* Compilações famosas de leis. *Digesto* era uma compilação dos latinos; *Ordenações do reino,* dos portugueses. (N. do E.)

Este viver de sobressaltos durou seis anos, ou mais seria. O juiz de fora empenhara os seus amigos na transferência, e conseguiu mais do que ambicionava: foi nomeado provedor para Lamego. Rita Preciosa deixou saudades em Vila Real, e duradoura memória da sua soberba, formosura e graças de espírito. O marido também deixou anedotas que ainda agora se repetem. Duas contarei somente para não enfadar. Acontecera um lavrador mandar-lhe o presente de uma vitela, e mandar com ela a vaca, para se não desgarrar a filha. Domingos Botelho mandou recolher à loja a vitela e a vaca, dizendo que quem dava a filha dava a mãe. Outra vez, deu-se o caso de lhe mandarem um presente de pastéis em rica salva de prata. O juiz de fora repartiu os pastéis pelos meninos, e mandou guardar a salva, dizendo que receberia como escárnio um presente de doces, que valiam dez patacões, sendo que naturalmente os pastéis tinham vindo como ornato da bandeja. E assim é que, ainda hoje, em Vila Real, quando se dá um caso análogo de ficar alguém com o conteúdo e continente, diz a gente da terra: "Aquele é como o doutor Brocas".

Não tenho assunto de tradição com que possa reter-me em miudezas da vida do provedor em Lamego. Escassamente sei que D. Rita aborrecia a comarca, e ameaçava o marido de ir com seus cinco filhos para Lisboa, se ele não saísse daquela intratável terra. Parece que a fidalguia de Lamego, sem todo o tempo orgulhosa de uma antiguidade que principia na aclamação de Almacave, desdenhou a filáucia da dama do paço, e esmerilhou certas vergônteas podres do tronco dos Botelhos Correias de Mesquita, desprimorando-lhe as sãs com o fato de ele ter vivido dois anos em Coimbra tocando flauta.

Em 1801, achamos Domingos José Correia Botelho de Mesquita corregedor em Viseu.

Manuel, o mais velho de seus filhos, tem vinte e dois anos, e frequenta o segundo ano jurídico. Simão, que tem quinze, estuda humanidades em Coimbra. As três meninas são o prazer e a vida toda do coração de sua mãe.

O filho mais velho escreveu a seu pai queixando-se de não poder viver com seu irmão, temeroso do gênio sanguinário dele. Conta que a cada passo se vê ameaçado na vida, porque Simão emprega em pistolas o dinheiro dos livros, convive com os mais famosos perturbadores da academia, e corre de noite as ruas insultando os habitantes e provocando-os à luta com assuadas. O corregedor admira a bravura de seu filho Simão, e diz à consternada mãe que o rapaz é a figura e o gênio de seu bisavô Paulo Botelho Correia, o mais valente fidalgo que dera Trás-os-Montes.

Manuel, cada vez mais aterrado das arremetidas de Simão, sai de Coimbra antes de férias e vai a Viseu queixar-se, e pedir que lhe dê seu pai outro destino. D. Rita quer que seu filho seja cadete de cavalaria. De Viseu parte para Bragança Manuel Botelho, e justifica-se nobre dos quatro costados para ser cadete.

No entanto, Simão recolhe a Viseu com os seus exames feitos e aprovados. O pai maravilha-se do talento do filho, e desculpa-o da extravagância por amor do talento. Pede-lhe explicações do seu mau viver com Manuel, e ele responde que seu irmão o quer forçar a viver monasticamente.

Os quinze anos de Simão têm aparências de vinte. É forte de compleição; belo homem com as feições de sua mãe, e a corpulência dela; mas de todo avesso em gênio. Na plebe de Viseu é que ele escolhe amigos e companheiros. Se D. Rita lhe censura a indigna eleição que faz, Simão zomba das genealogias, e mormente do general Caldeirão que morreu frito. Isto bastou para ele granjear a malquerença de sua mãe. O corregedor via as coisas pelos olhos de sua mulher, e tomou parte no desgosto dela e na aversão ao filho. As irmãs temiam-no, tirante Rita, a mais nova, com quem ele brincava puerilmente e a quem obedecia, se lhe ela pedia, com meiguices de criança, que não andasse com pessoas mecânicas.

Finalizavam as férias, quando o corregedor teve um grave dissabor. Um dos seus criados tinha ido levar a beber os machos, e, por descuido ou propósito, deixou quebrar algumas vasilhas que estavam à vez no parapeito do chafariz. Os donos das vasilhas conjuraram contra o criado; espancaram-no. Simão passava nesse ensejo; e, armado de um fueiro que descravou de um carro, partiu muitas cabeças, e rematou o trágico espetáculo pela farsa de quebrar todos os cântaros. O povoléu intato fugira espavorido, que ninguém se atrevia ao filho do corregedor; os feridos, porém, incorporaram-se e foram clamar justiça à porta do magistrado.

Domingos Botelho bramia contra o filho, e ordenava ao meirinho geral que o prendesse, à sua ordem. D. Rita, não menos irritada, mas irritada como mãe, mandou por portas travessas dinheiro ao filho para que sem detença, fugisse para Coimbra, e esperasse lá o perdão do pai.

O corregedor, quando soube o expediente de sua mulher, fingiu-se zangado, e prometeu fazê-lo capturar em Coimbra. Como, porém, D. Rita lhe chamasse brutal nas suas vinganças e estúpido juiz de uma rapaziada, o magistrado desenrugou a serenidade postiça da testa, e confessou tacitamente que era brutal e estúpido juiz.

❖

CAPÍTULO II

Simão Botelho levou de Viseu para Coimbra arrogantes convicções da sua valentia. Se recordava os chibantes pormenores da derrota em que pusera trinta aguadeiros, o som cavo das pancadas, a queda atordoada deste, o levantar-se daquele, ensanguentado, a bordoada que abrangia três a um tempo, a que afocinhava dois, a gritaria de todos, e o estrépido dos cântaros afinal, Simão deliciava-se nestas lembranças, como ainda não vi nalgum drama, em que o veterano de cem batalhas relembra os louros de cada uma, e esmorece, afinal, estafado de espantar, quando não é de estafar, os ouvintes.

O acadêmico, porém, com os seus entusiasmos, era incomparavelmente muito mais prejudicial e perigoso que o mata-mouros de tragédia. As recordações esporeavam-se a façanhas novas, e naquele tempo a academia dava azo a elas. A mocidade estudiosa, em grande parte, simpatizava com as balbuciantes teorias da liberdade, mais por pressentimento que por estudo. Os apóstolos da revolução não tinham podido fazer revoar o trovão dos seus clamores neste canto do mundo; mas os livros dos enciclopedistas, as fontes onde a geração seguinte bebera a peçonha que saiu no sangue de noventa e três, não eram de todo ignorados. As doutrinas da regeneração social pela guilhotina tinham alguns tímidos sectários em Portugal, e esses de ver é que deviam pertencer à geração nova. Além de que, o rancor à Inglaterra lavrava nas entranhas das classes manufatureiras, e o desprender-se do julgo aviltador de estranhos, apertado, desde o princípio do século anterior, com as sogas de ruinosos e pérfidos tratados, estava no ânimo de muitos e bons portugueses que se queriam antes aliançados com a França. Estes eram os pensadores reflexivos; os sectários da academia, porém, exprimiam mais a paixão da novidade que as doutrinas do raciocínio.

No ano anterior de 1800, saíra Antônio de Araújo de Azevedo, depois conde da Barca, a negociar em Madri e Paris a neutralidade de Portugal. Rejeitaram-lhe as potências aliadas às propostas, tendo-lhe em conta de nada os dezesseis milhões que o diplomata oferecia ao primeiro cônsul. Sem delongas, foi o território português infestado pelos exércitos de Espanha e França. As nossas tropas, comandadas pelo duque de Lafões, não chegaram a travar a luta desigual, porque a esse tempo Luís Pinto de Souza, mais tarde visconde de Balsemão, negociara ignominiosa paz em Badajoz, com cedência de Olivença à Espanha, exclusão de ingleses de nossos portos e indenização de alguns milhões à França.

Estes sucessos tinham irritado contra Napoleão os ânimos daqueles que odiavam o aventureiro, e para outros deram causa a congratularem-se do rompimento com Inglaterra. Entre os desta parcialidade, na convulsiva e irrequieta academia, era voto de grande monta Simão Botelho, apesar dos seus imberbes dezesseis anos. *Mirabeau, Danton, Robespierre, Desmoulins*[7], e muitos outros algozes e mártires do grande açougue, eram nomes de soada musical aos ouvidos de Simão. Difamá-los na sua presença era afrontarem-no a ele, e bofetada certa, e pistolas engatilhadas à cara do difamador. O filho do corregedor de Viseu defendia que Portugal devia regenerar-se num batismo de sangue, para que a hidra dos tiranos não erguesse mais uma das mil cabeças sob a clava do Hércules popular.

Estes discursos, arremedo de alguma clandestina objurgatória de *Saint-Just*[8], afugentavam da sua comunhão aqueles mesmos que o tinham aplaudido em mais racionais princípios de liberdade. Simão Botelho tornou-se odioso aos condiscípulos, que para se salvarem pela infâmia o delataram ao bispo-conde e ao reitor da Universidade.

Um dia, proclamava o demagogo acadêmico na praça de Sansão aos poucos ouvintes que lhe restaram fiéis, uns por medo, outros por analogia de bossas. O discurso ia no mais acrisolado da ideia regicida, quando uma escolta de verdeais lhe aguou a escandescência. Quis o orador resistir, aperrando as pistolas, mas de sobra sabiam os braços

---

[7] *Mirabeau, Danton, Robespierre, Desmoulins:* Nomes famosos da Revolução Francesa. Lideraram o período do Terror, ou seja, o período em que largamente se usou a guilhotina para extermínio daqueles que os revolucionários consideravam inimigos de seus princípios. (N. do E.)

[8] *Saint-Just:* Convencional francês, membro da *Junta da Salvação Pública*; morreu no cadafalso com Robespierre. (N. do E.)

musculosos da corte do reitor com quem as haviam. O *jacobino*[9], desarmado e cercado entre a escolta dos archeiros, foi levado ao cárcere acadêmico, donde saiu seis meses depois, a grandes instâncias dos amigos de seu pai e dos parentes de D. Rita Preciosa.

Perdido o ano letivo, foi para Viseu Simão. O corregedor repeliu-o da sua presença com ameaças de o expulsar de casa. A mãe, mais levada do dever que do coração, intercedeu pelo filho e conseguiu sentá-lo à mesa comum.

No espaço de três meses fez-se maravilhosa mudança nos costumes de Simão. As companhias da ralé desprezou-as. Saía de casa raras vezes, ou só, ou com a irmã mais nova, sua predileta. O campo, as árvores e os sítios mais sombrios e ermos eram o seu recreio. Nas doces noites de estio demorava-se por fora até ao repontar da alva: aqueles que assim o viam admiravam-lhe o ar cismador e o recolhimento que o sequestrava da vida vulgar. Em casa encerrava-se no seu quarto, e saía quando o chamavam para a mesa.

D. Rita pasmava da transfiguração, e o marido, bem convencido dela, ao fim de cinco meses, consentiu que seu filho lhe dirigisse a palavra.

Simão Botelho amava. Aí está uma palavra única, explicando o que parecia absurda reforma aos dezessete anos.

Amava Simão uma sua vizinha, menina de quinze anos, rica herdeira, regularmente bonita e bem-nascida. Da janela do seu quarto é que ele a vira a primeira vez, para amá-la sempre. Não ficara ela incólume da ferida que fizera no coração do vizinho: amou-o também, e com mais seriedade que a usual nos seus anos.

Os poetas cansam-nos a paciência a falarem do amor da mulher aos quinze anos, como paixão perigosa, única e inflexível. Alguns prosadores de romances dizem o mesmo. Enganam-se ambos. O amor aos quinze anos é uma brincadeira; é a última manifestação do amor às bonecas; é a tentativa da avezinha que ensaia o voo fora do ninho, sempre com os olhos fitos na ave-mãe, que a está da fronde próxima chamando: tanto sabe a primeira o que é amar muito, como a segunda o que é voar para longe.

---

[9] *Jacobino:* Rebelde radical. Nome derivado do *Clube das Jacobinos,* formado na França pelos revolucionários exaltados, partidários de Robespierre, extinto em 1794. (N. do E.)

Teresa de Albuquerque devia ser, porventura, uma exceção no seu amor.

O magistrado e sua família eram odiosos ao pai de Teresa, por motivos de litígios, em que Domingos Botelho lhes deu sentenças contra. Afora isso, ainda no ano anterior dois criados de Tadeu de Albuquerque tinham sido feridos na celebrada pancadaria da fonte. É, pois, evidente que o amor de Teresa, declinando de si o dever se obtemperar e sacrificar-se ao justo azedume de seu pai, era verdadeiro e forte.

E este amor era singularmente discreto e cauteloso. Viram-se e falaram-se três meses, sem darem rebate à vizinhança, e nem sequer suspeitas às duas famílias. O destino que ambos se prometiam era o mais honesto: ele ia formar-se para poder sustentá-la, se não tivessem outros recursos; ela esperava que seu velho pai falecesse para, senhora sua, lhe dar, com o coração, o seu grande patrimônio. Espanta discrição tamanha na índole de Simão Botelho, e na presumível ignorância de Teresa em coisas materiais da vida, como são um patrimônio!

Na véspera da sua ida para Coimbra, estava Simão Botelho despedindo-se da suspirosa menina, quando subitamente ela foi arrancada da janela. O alucinado moço ouviu gemidos daquela voz que, um momento antes, soluçava comovida por lágrimas de saudade. Ferveu-lhe o sangue na cabeça; contorceu-se no seu quarto como o tigre contra as grades inflexíveis da jaula. Teve tentações de se matar, na impotência de socorrê-la. As restantes horas daquela noite passou-as em raivas e projetos de vingança. Com o amanhecer esfriou-lhe o sangue, e renasceu a esperança com os cálculos.

Quando o chamaram para partir para Coimbra, lançou-se do leito de tal modo transfigurado que sua mãe, avisada do rosto amargurado dele, foi ao quarto interrogá-lo e despersuadi-lo de ir enquanto assim estivesse febril. Simão, porém, entre mil projetos, achara melhor o de ir para Coimbra, esperar lá notícias de Teresa, e vir a ocultas a Viseu falar com ela. Ajuizadamente discorrera ele; que a sua demora agravaria a situação de Teresa.

Descera o acadêmico ao pátio, depois de abraçar a mãe e irmãs, e beijar a mão do pai, que para esta hora reservara uma admoestação severa, a ponto de lhe asseverar que de todo o abandonaria se caísse em novas extravagâncias. Quando metia o pé no estribo, viu a seu lado uma velha mendiga, estendendo-lhe a mão aberta como quem pede esmola, e, na palma da mão, um pequeno papel. Sobressaltou-se o moço; e, a poucos passos distante de sua casa, leu estas linhas:

"Meu pai diz que me vai encerrar num convento por tua causa. Sofrerei tudo por amor de ti. Não me esqueças tu e achar-me-ás no convento, ou no céu, sempre tua do coração, e sempre leal. Parte para Coimbra. Lá irão dar as minhas cartas; e na primeira te direi em que nome hás de responder à tua pobre Teresa".

A mudança do estudante maravilhou a academia. Se o não viam nas aulas, em parte nenhuma o viam. Das antigas relações restavam-lhe apenas as dos condiscípulos sensatos que o aconselhavam para bem, e o visitaram no cárcere de seis meses, dando-lhe alentos e recursos, que seu pai lhe não dava, e sua mãe escassamente supria. Estudava com fervor, como quem já dali formava as bases do futuro renome e da posição por ele merecida, bastante a sustentar dignamente a esposa. A ninguém confiava o seu segredo, senão às cartas que enviava a Teresa, longas cartas em que folgava o espírito da tarefa da ciência. A apaixonada menina escrevia-lhe a miúdo, e já dizia que a ameaça do convento fora mero terror de que já não tinha medo, porque seu pai não podia viver sem ela.

Isto afervorou-lhe para mais o amor ao estudo. Simão, chamado em pontos difíceis das matérias do primeiro ano, tal conta deu de si, que os lentes e os condiscípulos o houveram como primeiro premiado.

A este tempo, Manuel Botelho, cadete em Bragança, destacado no Porto, licenciou-se para estudar na Universidade as matemáticas. Animou-o a notícia do reviramento que se dera em seu irmão. Foi viver com ele; achou-o quieto, mas alheado numa ideia que o tornava misantropo e intratável noutro gênero. Pouco tempo conviveram, sendo a causa da separação um desgraçado amor de Manuel Botelho a uma açoriana casada com um acadêmico. A esposa apaixonada perdeu-se nas ilusões do cego amante. Deixou o marido e fugiu com ele para Lisboa, e daí para Espanha. Em outro relanço desta narrativa darei conta do remate deste episódio.

No mês de fevereiro de 1803 recebeu Simão Botelho uma carta de Teresa. No seguinte capítulo se diz minuciosamente a peripécia que forçara a filha de Tadeu de Albuquerque a escrever aquela carta de pungentíssima surpresa para o acadêmico, convertido aos deveres, à honra, à sociedade e a Deus, pelo amor.

❖

CAPÍTULO III

O pai de Teresa não embicaria na impureza do sangue do corregedor, se o ajustarem-se os dois filhos em casamento se compadecesse com o ódio de um e o desprezo do outro. O magistrado mofava do rancor do seu vizinho, e o vizinho malsinava de venalidade a reputação do magistrado. Este sabia da injuriosa vingança em que o outro se ia despicando; fingia-se invulnerável à detração; mas de dia para dia se lhe azedava a bílis; e é de crer que, se o não contivessem considerações de família, sofreria menos, desabafando pela boca dum bacamarte, arma da predileção dos Botelhos Correias de Mesquita. Seria impossível o reconciliarem-se.

Rita, a filha mais nova, estava um dia na janela do quarto de Simão e viu a vizinha rente com os vidros e a testa apoiada nas mãos. Sabia Teresa que era aquela menina a mais querida irmã de Simão e a que mais semelhança de parecer tinha com ele. Saiu da sua artificial indiferença, e respondeu ao reparo de Rita, fazendo-lhe com a mão um gesto e sorrindo. A filha do corregedor sorriu também, mas fugiu logo da janela, porque sua mãe tinha proibido às filhas de trocarem vistas com pessoas daquela casa.

No dia seguinte, à mesma hora, levada da simpatia que lhe causara aquele gesto de amizade, tornou Rita à janela, e lá viu Teresa com os olhos fitos na sua, como se a estivesse esperando. Sorriram-se com resguardo, afastando-se a um tempo do peitoril das janelas; e, assim, ambas de pé, no interior dos quartos, se estavam contemplando. Como a rua era estreita, podiam ouvir-se, falando baixo. Teresa, mais pelo movimento dos lábios que por palavras, perguntou a Rita se era sua amiga. A menina respondeu com um gesto afirmativo, e fugiu, acenando-lhe um adeus. Estes rápidos instantes de se verem repetiram-se sucessivos dias até que, perdido o maior medo de ambas, ousaram demorar-se em palestras a meia voz. Teresa falava de Simão, contava à menina de onze anos o segredo do seu amor, e dizia-lhe que ela havia de ser ainda sua irmã, recomendando-lhe muito que não dissesse nada à sua família.

Numa dessas conversações, Rita descuidara-se, e levantou de modo a voz que foi ouvida de uma irmã, que a foi logo acusar ao pai. O corregedor chamou Rita, e forçou-a pelo terror a contar tudo que ouvira à vizinha. Tanta foi sua cólera, que, sem atender às razões da esposa, que viera espavorida dos gritos dele, correu ao quarto de Simão, e viu ainda Teresa à janela.

— Olé! — disse ele à pálida menina. — Não tenha a confiança de pôr olhos em pessoa de minha casa. Se quer casar case, com um sapateiro, que é um digno genro de seu pai.

Teresa não ouviu o remate da brutal apóstrofe: tinha fugido aturdida e envergonhada. Porém, como o desabrido ministro ficasse bramindo no quarto, e Tadeu de Albuquerque saísse a uma janela, a cólera do doutor redobrou, e a torrente das injúrias, longo tempo represada, bateu no rosto do vizinho, que não ousou replicar-lhe.

Tadeu interrogou sua filha, e acreditou que foi causa à sanha de Domingos Botelho estarem as duas meninas praticando inocentemente, por trejeitos, em coisas de sua idade. Desculpou o velho a criancice de Teresa, admoestando-a que não voltasse àquela janela.

Esta mansidão do fidalgo, cujo natural era bravio, tem a sua explicação no projeto de casar em breve a filha com seu primo Baltasar Coutinho, de Castro Daire, senhor de casa, e igualmente nobre da mesma prosápia. Cuidava o velho, presunçoso conhecedor do coração das mulheres, que a brandura seria o mais seguro expediente para levar a filha ao esquecimento daquele pueril amor a Simão. Era máxima sua que o amor, aos quinze anos, carece de consistência para sobreviver a uma ausência de seis meses. Não pensava errado o fidalgo, mas o erro existia. As exceções têm sido o ludibrio dos mais assisados pensadores, tanto no especulativo como no experimental. Não era muito que Tadeu de Albuquerque fosse enganado em coisas de amor e coração de mulher, cujas variantes são tantas e tão caprichosas, que eu não sei se alguma máxima pode ser-nos guia, a não ser esta: "Em cada mulher, quatro mulheres incompreensíveis, pensando alternadamente como se hão de desmentir umas às outras". Isto é o mais seguro; mas não é infalível. Aí está Teresa que parece ser única em si. Dir-se-á que as três da conta, que diz a sentença, não podem coexistir com a quarta aos quinze anos? Também o penso assim, posto que a fixidez, a consciência daquele amor, funda em causa independente do coração: é porque Teresa não vai à sociedade, não tem um altar em cada noite na sala, não provou o incenso doutros galãs, nem teve ainda uma hora de comparar a imagem amada, desluzida pela ausência, com a imagem amante, amor nos olhos que a fitam, e amor nas palavras que a convencem de que há um coração para cada homem, e uma só mocidade para cada mulher. Quem me diz a mim que Teresa teria em si as quatro mulheres da máxima, se o vapor de quatro incensórios lhe estonteasse o espírito? Não é fácil, nem preciso decidir. E vamos ao conto.

Acerca de Simão Botelho, nunca diante de sua filha Tadeu de Albuquerque proferiu palavra, nem antes nem depois do disparate do corregedor. O que ele fez logo foi chamar a Viseu o sobrinho de Castro Daire, preveni-lo do seu desígnio, para que ele, em face de Teresa, procedesse como convinha a um enamorado de feição, e mutuamente se apaixonassem e prometessem auspicioso futuro ao casamento.

Por parte de Baltasar Coutinho a paixão inflamou-se tão depressa quanto o coração de Teresa se congelou de terror e repugnância. O morgado de Castro Daire, atribuindo a frieza de sua prima a modéstia, inocência e acanhamento, lisonjeou-se do virginal melindre daquela alma, e saboreou de antemão o prazer de uma lenta, mas segura conquista. Verdade é que Baltasar nunca se explicara de modo que Teresa lhe desse resposta decisiva. Um dia, porém, instigado por seu tio, afoitou-se o ditoso noivo a falar assim à melancólica menina:

— É tempo de lhe abrir o coração, prima. Está bem-disposta a ouvir-me?

— Eu estou sempre bem-disposta a ouvi-lo, primo Baltasar.

O desdém aborrecido desta resposta abalou algum tanto as convicções do fidalgo, respeito à inocência, modéstia e acanhamento de sua prima. Ainda assim, quis ele no momento persuadir-se que a boa vontade não poderia exprimir-se doutro modo, e continuou:

— Os nossos corações penso eu que estão unidos; agora é preciso que as nossas casas se unam.

Teresa empalideceu, e baixou os olhos.

— Acaso lhe diria eu alguma coisa desagradável? — prosseguiu Baltasar, rebatido pela desfiguração de Teresa.

— Disse-me o que é impossível fazer-se — respondeu ela sem turvação. — O primo engana-se: os nossos corações não estão unidos. Sou muito sua amiga, mas nunca pensei em ser sua esposa, nem me lembrou que o primo pensasse em tal.

— Quer dizer que me aborrece, prima Teresa? — atalhou, corrido, o morgado.

— Não senhor, senhor: já lhe disse que o estimava muito, e por isso mesmo não devo ser esposa dum amigo a quem não posso amar. A infelicidade não seria só minha...

— Muito bem... Posso eu saber — tornou com refalsado sorriso o primo — quem é que me disputa o coração de minha prima?

— Que lucra em o saber?

— Lucro saber, pelo menos, que a minha prima ama outro homem... É exato?

— É.

— E com tamanha paixão que desobedece a seu pai?

— Não desobedeço; o coração é mais forte que a submissa vontade duma filha. Desobedeceria, se casasse contra a vontade de meu pai; mas eu não disse ao primo Baltasar que casava; disse-lhe unicamente que amava.

— Sabe a prima que eu estou espantado do seu modo de falar!... Quem pensaria que os seus dezesseis anos estavam tão abundantes de palavras!...

— Não são só palavras, primo — retorquiu Teresa com gravidade —, são sentimentos que merecem a sua estima, por serem verdadeiros. Se lhe eu mentisse, ficaria mais bem vista de meu primo?

— Não, prima Teresa; fez bem em dizer a verdade, e de a dizer em tudo. Ora olhe: não duvida declarar quem é o ditoso mortal da sua preferência?

— Que lhe faz saber isso?

— Muito, prima: todos temos a nossa vaidade, e eu folgaria muito de me ver vencido por quem tivesse merecimentos que eu não tenho aos seus olhos. Tem a bondade de me dizer o seu segredo, como o diria a seu primo Baltasar, se o tivesse em conta de seu amigo íntimo?

— Nessa conta é que eu o não posso já ter... — respondeu Teresa, sorrindo, e pausando, como ele, as sílabas das palavras.

— Pois nem para amigo me quer?

— O primo não me perdoa a sinceridade que eu tive, e será de hoje em diante meu inimigo.

— Pelo contrário... — tornou ele com mal rebuçada ironia — muito pelo contrário... Eu lhe provarei que sou seu amigo, se alguma vez a vir casada com algum miserável indigno de si.

— Casada!... — interrompeu ela. Mas Baltasar cortou-lhe logo a réplica deste modo:

— Casada com algum famoso ébrio ou jogador de pau, valentão de aguadeiros, distinto cavalheiro, que passa os anos letivos encarcerado nas cadeias de Coimbra...

Claro está que Baltasar Coutinho conhecia o segredo de Teresa. Seu tio, naturalmente, lhe comunicara a criancice da prima, talvez antes de destinar-lha esposa.

Ouvira Teresa o tom sarcástico daquelas palavras, e erguera-se respondendo com altivez:

— Não tem mais que me diga, primo Baltasar?

— Tenho, prima, queira sentar-se algum tempo mais. Não cuide agora que está falando com o namorado infeliz: convença-se de que fala com o seu mais próximo parente, mais sincero amigo, e mais decidido guarda da sua dignidade e fortuna. Eu sabia que minha prima, contra a expressa vontade de seu pai, uma ou outra vez conversara da janela com o filho do corregedor. Não dei valor ao sucesso, e tomei-o como brincadeira própria da sua idade. Como eu frequentasse o meu último ano em Coimbra, há dois anos, conheci de sobra Simão Botelho. Quando voltei, e me contaram a sua afeição ao acadêmico, pasmei da boa-fé da priminha; depois entendi que a sua mesma inocência devia ser o seu anjo da guarda. Agora, como seu amigo, compunjo-me de a ver ainda fascinada pela perversidade do seu vizinho. Não se recorda de ter visto Simão Botelho suciando com a ínfima vilanagem desta terra? Não viu os seus criados com as cabeças quebradas pelo tal varredor de feiras? Não lhe constou que ele, em Coimbra, abarrotado de vinho, andava pelas ruas armado como um salteador de estradas, proclamando à canalha a guerra aos nobres e aos reis, e à religião de nossos pais? A prima ignoraria isto porventura?

— Ignorava parte disso e não me aflige o sabê-lo. Desde que conheci Simão, não me consta que ele tenha dado o menor desgosto à sua família, nem ouço falar mal dele.

— E está por isso persuadida de que Simão deve ao seu amor a reforma de costumes?

— Não sei, nem penso nisso — replicou com enfado Teresa.

— Não se zangue, prima. Vou-lhe dizer as minhas últimas palavras: eu hei de, enquanto viver, trabalhar por salvá-la das garras de Simão Botelho. Se seu pai lhe faltar, fico eu. Se as leis a não defenderem dos ataques do seu demônio, eu farei ver ao valentão que a vitória sobre os aguadeiros não o poupa ao desgosto de ser levado a pontapés para fora da casa de meu tio Tadeu de Albuquerque.

— Então o primo quer-me governar!? — atalhou ela com desabrida irritação.

— Quero-a dirigir enquanto a sua razão precisar de auxílio. Tenha juízo e eu serei indiferente ao seu destino. Não a enfado mais, prima Teresa.

Baltasar Coutinho foi dali procurar seu tio e contou-lhe o essencial do diálogo. Tadeu, atônito da coragem da filha e ferido no coração e direitos paternais, correu ao quarto dela, disposto a espancá-la. Reteve-o Baltasar, reflexionando-lhe que a violência prejudicaria muito a crise, sendo coisa de esperar que Teresa fugisse de casa. Refreou o pai a sua ira, e meditou. Horas depois, chamou sua filha, mandou-a sentar ao pé de si, e, em termos serenos e gesto bem composto, lhe disse que era sua vontade casá-la com o primo; porém, que ele já sabia que a vontade de sua filha não era essa. Ajuntou que a não violentaria; mas também não consentiria que ela, sovando aos pés o pundonor de seu pai, se desse de coração ao filho do seu maior inimigo. Disse mais que estava a resvalar na sepultura e mais depressa desceria a ela, perdendo o amor da filha, que ele já considerava morta. Terminou perguntando a Teresa se ela duvidava entrar num convento, e aí esperar que seu pai morresse, para depois ser desgraçada à sua vontade.

Teresa respondeu, chorando, que entraria num convento, se essa era a vontade de seu pai; porém, que se não privasse ele de a ter em sua companhia nem a privasse a ela dos seus afetos, por medo de que sua filha praticasse alguma ação indigna, ou lhe desobedecesse no que era virtude obedecer.

Prometeu-lhe julgar-se morta para todos os homens, menos para seu pai. Tadeu ouviu-a e não lhe replicou.

❖

CAPÍTULO IV

O coração de Teresa estava mentindo. Vão lá pedir sinceridade ao coração!

Para finos entendedores, o diálogo do anterior capítulo definiu a filha de Tadeu de Albuquerque. É mulher varonil, tem força de caráter, orgulho fortalecido pelo amor, desapego das vulgares apreensões, se são apreensões a renúncia que uma filha fez do seu alvedrio às imprevidentes e caprichosas vontades de seu pai. Diz boa gente que não, e eu abundo sempre no voto da gente boa. Não será aleive atribuir-lhe uma pouca de astúcia, ou hipocrisia, se quiserem; perspicácia seria mais correto dizer. Teresa adivinha que a lealdade tropeça a cada passo na estrada real da vida, e que os melhores fins se atingem por atalhos onde não cabem a franqueza e a sinceridade. Estes ardis são raros na idade inexperta de Teresa; mas a mulher do romance quase nunca é trivial, e esta de que rezam os meus apontamentos era distintíssima. A mim me basta, para crer em sua distinção, a celebridade que ela veio a ganhar à conta da desgraça.

Da carta que ela escreveu a Simão Botelho, contando as cenas descritas, a crítica deduz que a menina de Viseu contemporizava com o pai, pondo a mira no futuro, sem passar pelo dissabor do convento, nem romper com o velho em manifesta desobediência. Na narrativa que fez ao acadêmico omitiu ela as ameaças do primo Baltasar, cláusula que, a ser transmitida, arrebataria de Coimbra o moço, em quem sobejavam brios e bravura para mantê-los.

Mas não é esta ainda a carta que surpreendeu Simão Botelho.

Parecia bonançoso o céu de Teresa. Seu pai não falava em claustro nem em casamento. Baltasar Coutinho voltara ao seu solar de Castro Daire. A tranquila menina dava semanalmente estas boas-novas a Simão, que, aliando às venturas do coração as riquezas do espírito, estudava incessantemente, e desvelava as noites arquitetando o seu edifício de futura glória.

Ao romper d'alva dum domingo de junho de 1803, foi Teresa chamada para ir com seu pai à primeira missa da igreja paroquial. Vestiu-se a menina, assustada, e encontrou o velho na antecâmara a recebê-la com muito agrado, perguntando-lhe se ela se erguia de bons humores para dar ao autor de seus dias um resto de velhice feliz. O silêncio de Teresa era interrogador.

— Vais hoje dar a mão de esposa a teu primo Baltasar, minha filha. É preciso que te deixes cegamente levar pela mão de teu pai. Logo que deres este passo difícil, conhecerás que a tua felicidade é daquelas que precisam ser impostas pela violência. Mas repara, minha querida filha, que a violência dum pai é sempre amor. Amor tem sido a minha condescendência e brandura para contigo. Outro teria subjugado a tua desobediência com maus-tratos, com os rigores do convento, e talvez com o desfalque do teu grande patrimônio. Eu, não. Esperei que o tempo te aclarasse o juízo, e felicito-me de te julgar desassombrada do diabólico prestígio do maldito que acordou o teu inocente coração. Não te consultei outra vez sobre este casamento por temer que a reflexão fizesse mal ao zelo de boa filha com que tu vais abraçar teu pai, e agradecer-lhe a prudência com que ele respeitou o teu gênio, velando sempre a hora de te encontrar digna do seu amor.

Teresa não desfitou os olhos do pai; mas tão abstraída estava, que escassamente lhe ouviu as primeiras palavras, e nada das últimas.

— Não me respondes, Teresa?! — tornou Tadeu, tomando-lhe cariciosamente as mãos.

— Que hei de eu responder-lhe, meu pai? — balbuciou ela.

— Dás-me o que te peço? Enches de contentamento os poucos dias que me restam?

— E será o pai feliz com o meu sacrifício?

— Não digas sacrifício, Teresa... Amanhã a estas horas verás que transfiguração se fez na tua alma. Teu primo é um composto de todas as virtudes; nem a qualidade de ser um gentil moço lhe falta, como se a riqueza, a ciência e as virtudes não bastassem a formar um marido excelente.

— E ele quer-me, depois de eu me ter negado? — disse ela com amargura irônica.

— Se ele está apaixonado, filha!... e tem bastante confiança em si para crer que hás de amá-lo muito!...

— E não será mais certo odiá-lo eu sempre? Eu agora mesmo o abomino como nunca pensei que se pudesse abominar! Meu pai... — continuou ela, chorando, com as mãos erguidas — mate-me; mas não me force a casar com meu primo! É escusada a violência, porque eu não caso!

Tadeu mudou de aspecto, e disse irado:

— Hás de casar! Quero que cases! Quero... Quando não, serás amaldiçoada para sempre, Teresa! Morrerás num convento! Esta casa irá para teu primo! Nenhum infame há de aqui pôr um pé nas alcatifas de meus avós. Se és uma alma vil, não me pertences, não és minha filha, não podes herdar apelidos honrosos, que foram pela primeira vez insultados pelo pai desse miserável que tu amas! Maldita sejas! Entra nesse quarto, e espera que daí te arranquem para outro, onde não verás um raio de sol.

Teresa ergueu-se sem lágrimas e entrou serenamente no seu quarto. Tadeu de Albuquerque foi encontrar seu sobrinho, e disse-lhe:

— Não te posso dar minha filha, porque já não tenho filha. A miserável, a quem eu dei este nome, perdeu-se para nós e para ela.

Baltasar, que, a juízo de seu tio, era um composto de excelências, tinha apenas uma quebra: a absoluta carência de brios. Malograda a tentativa do seu amor de emboscada, tornou para a terra o primo de Teresa, dizendo ao velho que ele o livraria do assédio em que Simão Botelho lhe tinha o coração da filha. Não aprovou a reclusão no convento, discorrendo sobre as hipóteses infamantes que a opinião pública inventaria. Aconselhou que a deixasse estar em casa, e esperasse que o filho do corregedor viesse de Coimbra.

Ponderaram no ânimo do velho as razões de Baltasar. Teresa maravilhou-se da quietação inesperada de seu pai e desconfiou da incoerência. Escreveu a Simão. Nada lhe escondeu do sucedido; nem as ameaças de Baltasar por delicadeza suprimiu. Rematava comunicando-lhe as suas suspeitas de algum novo plano de violência.

O acadêmico, chegando ao período das ameaças, já não tinha clara luz nos olhos para decifrar o restante da carta. Tremia sezões, e as artérias frontais arfavam-lhe *intumescidas*[10]. Não era sobressalto do coração apaixonado: era a índole arrogante que lhe escaldava o sangue. Ir dali a Castro Daire e apunhalar o primo de Teresa na sua própria casa foi o primeiro conselho que lhe segredou a fúria do ódio. Neste propósito saiu, alugou cavalo e recolheu a vestir-se de jornada. Já preparado, a cada minuto de espera assomava-se em frenesis. O

---

[10] *Intumescidas:* Inchadas, túmidas. (N. do E.)

cavalo demorou-se meia hora, e o seu bom anjo, neste espaço, vestido com as galas com que ele vestia na imaginação Teresa, deu-lhe rebates de saudade daqueles tempos e ainda das horas daquele mesmo dia em que cismava na felicidade que o amor lhe prometia, se ele a procurasse no caminho do trabalho e da honra. Contemplou os seus livros com tanto afeto, como se em cada um estivesse uma página da história do seu coração. Nenhuma daquelas páginas tinha ele lido, sem que a imagem de Teresa lhe aparecesse a fortalecê-lo para vencer os tédios da continuada aplicação e os ímpetos dum natural inquieto e ansioso de emoções desusadas. "E há de tudo acabar assim? — pensava ele, com a face entre as mãos, encostado à sua banca de estudo. — Ainda há pouco era tão feliz!... Feliz! — repetiu ele, erguendo-se de golpe. — Quem pode ser feliz com a desonra duma ameaça impune?!... Mas eu perco-a! Nunca mais eu hei de vê-la!... Fugirei como assassino, e meu pai será o meu primeiro inimigo, e ela mesmo há de horrorizar-se da minha vingança... A ameaça só ela a ouviu; e, se eu tivesse sido aviltado no conceito de Teresa pelos insultos do miserável, talvez que ela os repetisse..."

Simão Botelho releu a carta duas vezes, e à terceira leitura achou menos afrontosas as bravatas do fidalgo cioso. As linhas finais desmentiam formalmente a suspeita do aviltamento com que o seu orgulho o atormentava: eram expressões ternas, súplicas ao seu amor como recompensa dos passados e futuros desgostos, visões encantadoras do futuro, novos juramentos de constância e sentidas frases de saudade.

Quando o arrieiro bateu à porta, Simão Botelho já não pensava em matar o homem de Castro Daire; mas resolvera ir a Viseu, entrar de noite, esconder-se e ver Teresa. Faltava-lhe, porém, casa de confiança onde se ocultasse. Nas estalagens seria logo descoberto. Perguntou ao arrieiro se conhecia alguma casa em Viseu onde ele pudesse estar escondido uma noite ou duas, sem receio de ser denunciado. O arrieiro respondeu que tinha, a um quarto de légua de Viseu, um primo ferrador; e não conhecia em Viseu senão os estalajadeiros. Simão achou aproveitável o parentesco do homem, e logo daí o presenteou com uma jaqueta de peles e uma faixa de seda escarlate, à conta de maiores valores prometidos, se ele o bem servisse numa empresa amorosa.

No dia seguinte chegou o acadêmico à casa do ferrador. O arrieiro deu conta ao seu parente do que vinha tratado com o estudante.

Foi Simão Botelho cautelosamente hospedado, e o arrieiro abalou no mesmo ponto para Viseu, com uma carta destinada a uma mendiga, que morava no mais impraticável beco da terra. A mendiga informou-se miudamente da pessoa que enviava a carta, e saiu, mandando esperar o caminheiro. Pouco depois voltou ela com a resposta, e o arrieiro partiu a galope.

Era a resposta um grito de alegria. Teresa não refletiu, respondendo a Simão que naquela noite se festejavam os seus anos, e se reuniam em casa os parentes. Disse-lhe que às onze horas em ponto ela iria ao quintal e lhe abriria a porta.

Não esperava tanto o acadêmico. O que ele pedia era falar-lhe da rua para janela do seu quarto, e receava impossível este prazer, que ele avaliava o máximo. Apertar-lhe a mão, sentir-lhe o hálito, abraçá-la talvez, cometer a ousadia de um beijo, estas esperanças, tão além de suas modestas e honestas ambições, igualmente o enlevavam e assustavam. Enlevo e susto em corações que se estreiam na comédia humana são sentimentos congeniais.

À hora da partida, Simão tremia e a si mesmo pedia contas da timidez, sem saber que os encantos da vida, os mais angélicos momentos da alma, são esses lances de misterioso alvoroço que aos mais serôdios de coração sucedem em todas as sazões da vida, e a todos os homens, uma vez ao menos.

Às onze horas em ponto estava Simão encostado à porta do quintal, e à distância convencionada o arrieiro com o cavalo à rédea. A toada da música, que vinha das salas remotas, alvoroçava-o, porque a festa em casa de Tadeu de Albuquerque o surpreendera. No longo termo de três anos nunca ele ouvira música naquela casa. Se ele soubesse o dia natalício de Teresa, espantara-se menos da estranha alegria daquelas salas, sempre fechadas como em dias de mortório. Simão imaginou desvairadamente as quimeras que voejam, ora negras, ora translúcidas, em redor da fantasia apaixonada. Não há baliza racional para as belas, nem para as honrosas ilusões, quando o amor as inventa. Simão Botelho, com o ouvido colado à fechadura, ouvia apenas o som das flautas e as pancadas do coração sobressaltado.

❖

CAPÍTULO V

Baltasar Coutinho estava na sala, simulando vingativa indiferença por sua prima. As irmãs do fidalgo e demais parentela da casa não deixavam respirar Teresa. Moças e velhas, todas à uma, se repetiam, aconselhando-a a reconciliar-se com seu primo, e dar a seu pai a alegria que o pobre velho tanto rogava a Deus, antes de fechar os olhos. Replicava Teresa que não queria mal a seu primo, nem sequer estava sentida dele; que era sua amiga, e sê-lo-ia sempre enquanto lhe ele deixasse livre o coração.

O velho esperava muito daquela noitada de festa. Alguns parentes, presumidos de circunspectos, lhe tinham dito que seria proveitoso regalar a filha com os prazeres congruentes à sua idade, dando-lhe ensejo a que ela repartisse o espírito, concentrado num só ponto, por diversões em que a natural vaidade se preocupa, e a força do amor contrariado se vai a pouco e pouco quebrantando. Aconselharam-lhe as reuniões amiudadas, já em casa, já na dos seus parentes, para deste modo Teresa se mostrar a muitos, ser cortejada de todos, e ter em opinião de menos valia o único homem com quem falava, e a quem julgava superior a todos. O fidalgo acedeu, mas com dificuldade; é que tinha lá um sistema seu de ajuizar das mulheres, vivera trinta anos de vida libertina e dispendiosa, e se estava agora saboreando na economia e na quietação. Os anos de Teresa eram pela primeira vez festejados com estrondo. A morgada viu então o que era o minuete da corte e certos jogos de prendas com que os intervalos naqueles tempos se aligeiravam em delícias, sem fadiga do corpo, nem desagrado da moral.

Mas, de agitada que estava, Teresa não compartia do gozo dos seus hóspedes. Desde que soaram as dez horas daquela noite, a rainha da festa parecia tão alienada das finezas com que as senhoras e homens à competência a lisonjeavam que Baltasar Coutinho deu tento do dessossego de sua prima, e teve a modéstia de imaginar que ela se ofendera da indiferença dele. Generoso até ao perdão, o morgado de Castro Daire, compondo o rosto com gesto grave e melancólico, dirigiu-se a Teresa e pediu-lhe desculpa da frieza que ele disse ser como a das montanhas, que têm vulcões por dentro e neve por fora. Teresa teve a sinceridade de responder que não tinha reparado na frieza de seu primo, e chamou para junto dela uma menina, para evitar que a montanha se fendesse em vulcões. Pouco depois ergueu-se e saiu da sala.

Eram dez horas e três quartos. Teresa correra ao fundo do quintal, abrira a porta, e, como não visse alguém, tornou de corrida para a sala. No momento porém de subir a escada que ligava o jardim à casa, Baltasar Coutinho, que a espiava desde que ela saiu da sala, chegou a uma das janelas sobre o jardim, bem longe de imaginar que a via. Retirou-se, e entrou com Teresa na sala, ao mesmo tempo, por diversa porta. Decorridos alguns minutos, a menina saiu outra vez e o primo também. Teresa ouviu, a distância, o estrépido dum cavalo, quando passou ao patamar da escada. Baltasar também o ouviu, e notou que sua prima, receosa de ser vista e conhecida pela alvura do vestido, levava uma capa ou xale que a envolvia toda. O de Castro Daire fez pé-atrás para não ser visto. Teresa, porém, num relance de olhar temeroso, ainda vira um vulto retirar-se. Teve medo, e retrocedeu a largar a capa, e entrou na sala, ofegante de cansaço e pálida de medo.

— Que tens, minha filha? — disse-lhe o pai. — Já duas vezes saíste da sala e vens tão alvoroçada! Tens algum incômodo, Teresa?

— Tenho uma dor: preciso de ir respirar de vez em quando... Nada é, meu pai.

Tadeu acreditou, e disse a toda a gente que sua filha tinha uma dor; só o não disse a seu sobrinho, porque o não encontrou, e soube que ele tinha saído.

Também Teresa dera pela ausência do primo, e fingiu que o ia procurar, resolução de que o velho gostou muito. Desceu ela ao jardim, correu à porta onde a esperava Simão, abriu-a, e, com a voz cortada pela ansiedade, apenas disse:

— Vai-te embora; vem amanhã às mesmas horas... Vai, vai!

Simão, quando isto ouvia, tinha os olhos fitos num vulto que se aproximava dele, rente com o muro do quintal. O arrieiro, que primeiro o vira, dera um sinal, e entalara as rédeas do cavalo entre umas pedras, para ficar desembaraçado, se o estudante se não pudesse haver com o inimigo.

Simão Botelho não se moveu do local, e Baltasar Coutinho parou na distância de seis passos. O arrieiro tinha lentamente avançado a meio caminho do patrão, quando este lhe disse que não se aproximasse. E, caminhando para o vulto, aperrou duas pistolas, e disse-lhe:

— Isto aqui não é caminho. Que quer?

O fidalgo não respondeu.

— Parece-me que lhe abro a boca com uma bala! — tornou Simão.

— Que lhe importa ao senhor quem está?! — disse Baltasar. — Se eu tiver um segredo, como o senhor parece que tem o seu nestes sítios, sou obrigado a confessar-lho!?

Simão refletiu, e replicou:

— Este muro pertence a uma casa onde mora uma só família, e uma só mulher.

— Estão nesta casa mais de quarenta mulheres esta noite — redarguiu o primo de Teresa. — Se o cavalheiro espera uma, eu posso esperar outra.

— Quem é o senhor? — tornou com arrogância o filho do corregedor.

— Não conheço a pessoa que me interroga, nem quero conhecer. Fiquemos cada um com o nosso incógnito. Boas noites.

Baltasar Coutinho retrocedeu, dizendo entre si: — Que partido tem uma espada contra dois homens e duas pistolas?

Simão Botelho cavalgou, e partiu para casa do hospitaleiro ferrador.

O sobrinho de Tadeu de Albuquerque entrou na sala sem denunciar levemente alteração de ânimo. Viu que Teresa o observava de revés, e soube dissimular-se de modo que a sossegou. A pobre menina, ansiosa por se ver sozinha, viu com prazer erguer-se para sair a primeira família, que deu rebate às outras, menos à de Castro Daire e suas irmãs, que ficaram hospedados em casa de seu tio, com tenção de se demorarem oito dias em Viseu.

Velou Teresa o restante da noite, escrevendo a Simão a longa história dos seus terrores, e pedindo-lhe perdão de o ela não ter advertido do baile, por ficar doida de alegria com a sua vinda. No tocante ao plano de se encontrarem na seguinte noite não havia alteração na carta. Isto espantou o acadêmico. A seu ver, o vulto era Baltasar Coutinho, e o pai de Teresa devia ser avisado naquela mesma noite.

Respondeu ele contando a história do incidente com o encapotado; receando, porém, assustar Teresa e privar-se da entrevista, escreveu nova carta, em que não transluzia medo de ser atacado, nem sequer receio de marear-lhe a fama. Quis parecer a Simão Botelho que este era o digno porte de um amante corajoso.

Passou o estudante aquele dia contando as longas horas, e meditando instantes nos funestos resultados que podia ter a sua temerária ida, se Baltasar Coutinho era aquele homem que reservara para melhor relance a vingança da provocação insolente. Mas, de si para si, tinha ele que pensar em tal era mais covardia que prudência.

O ferrador tinha uma filha, moça de vinte e quatro anos, formas bonitas, um rosto belo e triste. Notou Simão os reparos em que ela se demorava a contemplá-lo, e perguntou-lhe a causa daquele olhar melancólico com que ela o fitava. Mariana corou, abriu um sorriso triste, e respondeu:

— Não sei o que me adivinha o coração a respeito de vossa senhoria. Alguma desgraça está para lhe suceder...

— A menina não dizia isso — replicou Simão — sem saber alguma coisa da minha vida.

— Alguma coisa sei... — tornou ela.

— Ouviu contar ao arrieiro?

— Não, senhor. É que meu pai conhece o paizinho de vossa senhoria, e também conhece o senhor. E há bocadinho que eu ouvi estar meu pai a dizer a meu tio, que é o arrieiro que veio com vossa senhoria, que tinha as suas razões para saber que alguma desgraça lhe estava para acontecer...

— Por quê?

— Por amor duma fidalga de Viseu, que tem um primo em Castro Daire.

Simão espantou-se da publicidade do seu segredo, e ia colher pormenores do que ele julgava mistério entre as duas famílias, quando o mestre ferrador João da Cruz entrou no sobrado onde o precedente diálogo se passara. A moça, como ouvisse os passos do pai, saíra lentamente por outra porta.

— Com sua licença — disse mestre João.

Dizendo, fechou por dentro ambas as portas, e sentou-se sobre uma arca.

— Ora, meu fidalgo — continuou ele, descendo as mangas arregaçadas da camisa, e apertando-as com dificuldade nos grossos pulsos, como quem sabe as etiquetas das mangas —, há de desculpar que eu viesse assim em mangas de camisa; mas não dei com a jaqueta...

— Está muito bem, senhor João — atalhou o acadêmico.

— Pois, senhor, eu devo um favor a seu pai, e um favor daquela casta. Uma vez armou-se aqui à minha porta uma desordem, a troco dum coice que um macho dum almocreve deu numa égua, que eu estava ferrando, e, em tão boa hora foi, que lhe partiu rente o jarrete por aqui, salvo tal lugar.

João da Cruz mostrou na sua perna o ponto por onde fora fraturada a da égua, e continuou:

— Eu tinha ali à mão o martelo, e não me tive que não pregasse com ele na cabeça do macho, que foi logo pra terra. O *recoveiro*[11] de Carção, que era chibante, deitou as unhas a um bacamarte, que trazia entre a carga, e desfechou comigo, sem mais tir-te nem guar-te — "Ó alma danada! — disse-lhe eu — pois tu vês que o teu macho me aleijou esta égua, que custou vinte peças a seu dono, e que eu tenho de pagar, e dás-me um tiro por eu te atordoar o macho!?"

— E o tiro acertou-lhe? — atalhou Simão.

— Acertou: mas saberá vossa senhoria que me não matou; deu-me aqui por este braço esquerdo com dois quartos. E vai eu, entro em casa, vou à cabeceira da cama, e trago uma clavina, e desfecho-lhe na tábua do peito. O almocreve caiu como um tordo, e não tugiu nem mugiu. Prenderam-me e fui para Viseu e já lá estava há três anos, no ano que o paizinho de vossa senhoria veio corregedor. Andava muita gente a trabalhar contra mim, e todos me diziam que eu ia pernear na forca. Estava lá na enxovia comigo um preso a cumprir sentença, e disse-me ele que o senhor corregedor tinha muita devotação com as sete dores de Nossa Senhora. Uma vez que ele ia passando com a sua família, para a missa, disse-lhe eu: — "Senhor corregedor, peço a vossa senhoria, pelas sete dores de Maria Santíssima, que me mande ir a sua presença para eu explicar a minha culpa a vossa senhoria". O paizinho de vossa senhoria chamou o meirinho geral, e mandou tomar o meu nome. Ao outro dia fui chamado ao senhor corregedor, e contei-lhe tudo, mostrando-lhe ainda as cicatrizes do braço. Seu pai ouviu-me, e disse-me: — "Vai-te embora, que eu farei o que puder". O caso é, meu fidalgo, que eu saí absolvido, quando muita gente dizia que eu havia de ser enforcado à minha porta. Faz favor de me dizer se eu não devo andar com a cara onde o seu paizinho põe os pés?!

— Tem o senhor João motivo para lhe ser grato, não há dúvida nenhuma.

---

[11] *Recoveiro:* Almocreve, aquele que conduz animais. (N. do E.)

— Agora faz o favor de ouvir o mais. Eu, antes de ser ferrador, fui criado de farda em casa do fidalgo de Castro Daire, que é o senhor Baltasar. Conhece-o vossa senhoria? Ora, se conhece!...

— Conheço-o de nome.

— Foi ele que me abonou dez moedas de ouro para me estabelecer; mas paguei-lhas, Deus louvado. Há de haver seis meses que ele me mandou chamar a Viseu, e me disse que tinha trinta peças para me dar, se eu lhe fizesse um serviço. — "O que vossa senhoria quiser, fidalgo." E vai ele disse-me que queria que eu tirasse a vida a um homem. Isto buliu cá por dentro comigo, porque, a falar a verdade, um homem que mata outro num aperto não é matador de ofício, acho eu, não é assim?

— Decerto... — respondeu Simão adivinhando o remate da história. — Quem era o homem que ele queria morto?

— Era vossa senhoria... Ó homem! — disse o ferrador com espanto. — O senhor nem sequer mudou de cor!

— Eu não mudo nunca de cor, senhor João — disse o acadêmico.

— Estou pasmado!

— E vossemecê não aceitou a incumbência, pelo que vejo — tornou Simão.

— Não, senhor; e, então, logo que ele me disse quem era, a minha vontade era pregar-lhe com a cabeça numa esquina.

— E ele disse-lhe a razão por que me mandava matar?

— Não, meu fidalgo; eu lhe conto. Na semana adiante, quando soube que o senhor Baltasar (raios o partam!) tinha saído de Viseu, fui falar com o senhor corregedor, e contei-lhe tudo como se passara. O senhor corregedor esteve a cismar um pouquinho, e disse-me, e vossa senhoria há de perdoar por eu lhe dizer o que seu pai me disse tal e qual.

— Diga.

— Seu pai começou a esfregar o nariz, e disse-me: — "Eu sei o que é isso. Se aquele brejeiro de meu filho Simão tivesse honra, não olharia para a prima desse assassino. Cuida o patife que eu consentia que meu filho se ligasse a uma filha de Tadeu de Albuquerque!..." Ainda disse mais coisas que me não lembram; mas eu fiquei sabendo tudo. Ora aqui tem o que houve. Agora apareceu-me aqui vossa senhoria, e a noite passada foi a Viseu. Perdoará a minha confiança: mas vossa senhoria foi falar com a tal menina; e eu estive vai não vai a segui-lo; mas, como ia meu cunhado, que é homem para três, fiquei descansado. Ele contou-me um encontro que vossa senhoria teve à porta do quintal da menina. Se lá torna, senhor Simão, vá preparado para alguma coisa de maior. Eu bem sei que vossa senhoria não é medroso; mas de uma traição ninguém se livra. Se quer que eu vá também, estou às suas ordens; e a clavina que deu polícia ao almocreve ainda ali está, e dá fogo debaixo de água, como diz o outro. Mas se vossa senhoria dá licença que eu lhe diga uma opinião, o melhor é não andar nessas encamisadas. Se quer casar com ela, vá pedir a seu pai licença, e deixe o resto cá por minha conta; ponto é que ela queira, que eu, num abrir e fechar de olhos, atiro com ela para cima de uma égua de chupeta, que ali tenho, e o pai e mais o primo ficam a ver navios.

— Obrigado, meu bom amigo — disse Simão —, aproveitarei os seus bons serviços quando me forem necessários. Esta noite hei de ir, como fui a noite passada, a Viseu. Se houver novidade, então veremos o que se há de fazer. Conto com vossemecê, e creia que tem em mim um amigo.

Mestre João da Cruz não replicou. Dali foi examinar miudamente a fecharia da clavina, e entender-se com o cunhado sobre cautelas necessárias, enquanto descarregava a arma, e a carregava de novo com uns zagalotes especiais, que ele denominava "amêndoas de pimpões".

Neste intervalo, Mariana, a filha do ferrador, entrou no sobrado, e disse com meiguice a Simão Botelho:

— Então sempre é certo ir?

— Vou, por que não hei de ir?

— Pois Nossa Senhora vá na sua companhia — tornou ela, saindo logo para esconder as lágrimas.

❖

CAPÍTULO VI

Às dez horas e meia da noite daquele dia, três vultos convergiram para o local, raro frequentado, em que se abria a porta do quintal de Tadeu de Albuquerque. Ali se detiveram alguns minutos discutindo e gesticulando. Dos três vultos havia um, cujas palavras eram ouvidas em silêncio e sem réplica pelos outros. Dizia ele a um dos outros:

— Não convém que estejam perto desta porta. Se o homem aparecesse morto, as suspeitas caíam logo sobre mim ou meu tio. Afastem-se vocês um do outro e tenham o ouvido aplicado ao tropel do cavalo. Depois apressem o passo até o encontrarem, de modo que os tiros sejam dados longe daqui.

— Mas... — atalhou um — quem nos diz que ele veio ontem a cavalo, e hoje vem a pé?

— É verdade! — acrescentou o outro.

— Se ele vier a pé, eu lhes darei aviso para o seguirem depois até o terem a jeito de tiro, mas longe daqui, percebem vocês? — disse Baltasar Coutinho.

— Sim, senhor; mas se ele sai de casa do pai, e entra sem nos dar tempo?

— Tenho a certeza de que não está em casa do pai, já lho disse. Basta de palavreado. Vão esconder-se atrás da igreja, e não adormeçam.

Debandou o grupo, e Baltasar ficou alguns momentos encostado ao muro. Soaram os três quartos depois das dez. O de Castro Daire colou o ouvido à porta, e retirou-se aceleradamente, ouvindo o rumor da folhagem seca que Teresa vinha pisando.

Apenas Baltasar, cosido com o muro, desaparecera, um vulto assomou do outro lado a passo rápido. Não parou: foi direito a todos os pontos onde uma sombra podia figurar um homem. Rodeou a igreja que estava a duzentos passos de distância. Viu os dois vultos direitos com o recanto que formava a junção da capela-mor, e sobre o qual caíam as sombras da torre. Fitou-os de passagem, e suspeitou; não os conheceu, mas eles disseram entre si, depois que ele desaparecera:

— É o João da Cruz, ferrador, ou o diabo por ele!...

— Que fará a esta hora por aqui?

— Eu sei!

— Não desconfias que ele entra nisto?

— Agora! se entrasse, era por nós. Não sabes que ele foi mochila do nosso amo?

— E também sei que pôs a loja com o dinheiro do senhor Baltasar.

— Pois então que medo tens?

— Não há medo; mas também sei que foi o corregedor que o livrou da forca...

— Isso que tem! O corregedor não se importa com isto, nem sabe que o filho cá está...

— Assim será; mas não estou muito contente... Ele é homem dos diabos...

— Deixá-lo ser... Tanto entram as balas nele como noutro...

A discussão continuou sobre várias conjeturas. De tudo o que eles disseram uma coisa era certíssima: ser o vulto o João da Cruz, ferrador.

Teria este dado trezentos passos, quando os criados de Baltasar ouviram o remoto tropel da cavalgadura.

Ao tempo que eles saíam do seu esconderijo, saía João da Cruz à frente do cavaleiro. Simão aperrou as pistolas, e o arrieiro uma clavina.

— Não há novidade — disse o ferrador —, mas saiba vossa senhoria que já podia estar embaixo do cavalo com quatro zagalotes no peito.

O arrieiro reconheceu o cunhado, e disse:

— És tu, João?

— Sou eu. Vim primeiro que tu.

Simão estendeu a mão ao ferrador, e disse, comovido:

— Dê cá a sua mão; quero sentir na minha a mão dum homem honrado.

— Nas ocasiões é que se conhecem os homens — redarguiu o ferrador. — Ora vamos... não há tempo para falatório. O senhor doutor tem uma espera.

— Tenho? — disse Simão.

— Atrás da igreja estão dois homens que eu não pude conhecer, mas não se me dava de jurar que são criados do senhor Baltasar. Salte abaixo do cavalo, que há de haver mostarda. Eu disse-lhe que não viesse; mas vossa senhoria veio, e agora é andar com a cara para a frente.

— Olhe que eu não tremo, mestre João — disse o filho do corregedor.

— Bem sei que não; mas, à vista do inimigo, veremos.

Simão tinha apeado. O ferrador tomou as rédeas do cavalo, recuou alguns passos na rua, e foi prendê-lo à argola da parede duma estalagem.

Voltou, e disse a Simão que o seguisse a ele e ao cunhado na distância de vinte passos; e que, se os visse parar perto do quintal de Albuquerque, não passasse do ponto donde os visse.

Quis o acadêmico protestar contra um plano que o humilhava como protegido pela defesa dos dois homens; o ferrador, porém, não admitiu a réplica.

— Faça o que eu lhe digo, fidalgo — disse ele com energia.

João da Cruz e o cunhado, espiando todas as esquinas, chegaram defronte do quintal de Teresa e viram um vulto a sumir-se no ângulo da parede.

— Vamos sobre eles — disse o ferrador —, que lá passaram para o adro da igreja; nestes entrementes, o doutor chega à porta do quintal e entra; depois voltaremos para lhe guardar a saída.

Neste propósito, moveram-se apressados, e Simão Botelho caminhou com as pistolas aperradas na direção da porta.

Em frente do muro do jardim de Teresa havia uma cascalheira escarpada, que se esplainava depois numa alameda sombria.

Os dois criados de Baltasar, quando o tropel do cavalo parou, recordaram as ordens do amo, no caso de vir a pé Simão. Buscaram sítio azado para o espreitarem na saída, e entraram na alameda quando o acadêmico chegava à porta do quintal.

— Agora está seguro — disse um.

— Se lá não ficar dentro... — respondeu o outro, vendo-o entrar, e fechar-se a porta.

— Mais além vêm dois homens... — disse o mais assustado, olhando para a outra entrada da alameda.

— E vêm direitos a nós... Aperra lá a clavina...

— O melhor é retirarmos. Nós estamos à espera do outro, e não destes. Vamos embora daqui...

Este não esperou convencer o companheiro: desceu a ribanceira do cascalho. O mais intrépido teve também a prudência de todos os assassinos assalariados: seguiu assustadiço, e deu-lhe razão, quando ouviu após de si os passos velozes dos perseguidores. Saiu-lhes o amo de frente quando dobravam a esquina do quintal, e disse-lhes:

— Vocês a que fogem, seus poltrões?

Os homens pararam envergonhados, aperrando os bacamartes.

João da Cruz e o arrieiro apareceram, e Baltasar caminhou para eles, bradando:

— Alto aí!

O ferrador disse ao cunhado:

— Fala-lhe tu, que eu não quero que ele me conheça.

— Quem manda fazer alto? — disse o arrieiro.

— São três clavinas — respondeu Baltasar.

— Olha se os demoras a dar tempo que o doutor saia — disse João da Cruz ao ouvido do arrieiro.

— Pois nós cá estamos parados — replicou o criado de Simão. — Que nos querem vocês?

— Quero saber o que têm que fazer neste sítio.

— E vocês que fazem por cá?

— Não admito perguntas — disse o de Castro Daire, aventurando alguns passos vacilantes para a frente. — Quero saber quem são.

Mestre João disse ao ouvido do cunhado:

— Diz-lhe que, se dá mais um passo, que o arrebentas.

O arrieiro repetiu a cláusula, e Baltasar parou.

Um dos criados deste chamou-o ao lado para lhe dizer que aquele dos dois que não falava parecia ser o João da Cruz. O morgado duvidou, e quis esclarecer-se; mas o ferrador ouvira as palavras do criado, e disse ao cunhado:

— Vem comigo, que eles conhecem-me.

Dizendo, voltou as costas ao grupo, e caminhou ao longo do quintal de Tadeu de Albuquerque. Os criados de Baltasar, gloriosos da retirada, como de uma derrota certa, apressaram o passo, na cola dos supostos fugitivos. O morgado ainda lhes disse que os não seguissem; mas eles, momentos antes covardes, queriam desforrar-se agora, correndo após o inimigo tanto quanto lhe tinham fugido antes.

Simão Botelho ouvira passos ligeiros, e, compelido pelo susto de Teresa, abrira a porta do quintal, sem saber ainda de quem fossem os passos. João da Cruz, com ar galhofeiro, já quando os perseguidores se viam, disse ao filho do corregedor se estava ajustado a casamento, que não havia pano para mangas.

Simão entendeu o perigo, apertou convulsamente a mão de Teresa, e retirou-se. Queria ele reconhecer os dois vultos parados a distância, mas João da Cruz, com o tom imperioso de quem obriga à submissão, disse ao filho do corregedor:

— Vá por onde veio, e não olhe para trás.

Simão foi indo até encontrar o cavalo. Montou, e esperou os dois inalteráveis guardas que o seguiam a passo vagaroso. Maravilhara-os o súbito desaparecimento dos criados de Baltasar, e recearam-se de alguma espera fora da cidade. O ferrador conhecia o atalho que podia levar os da emboscada ao caminho, e revelou o seu receio a Simão, dizendo-lhe que picasse a toda a brida, que ele e o cunhado lá iriam ter. O acadêmico recebeu com enfado a advertência, admoestando-os a que o não tivessem em tão vil preço. E acintemente sofreou as rédeas para não forçar os homens a aligeirar o passo.

— Vá como quiser — disse mestre João — que nós vamos por fora do caminho.

E subiram a uma rampa de olivais, para tornarem a descer encobertos por moitas de giesta, cosendo-se aos torcicolos duma parede paralela com a estrada.

— O atalho vai acolá onde a serra faz aquele cotovelo — disse o ferrador ao cunhado. — Hão de ali passar, ou já passaram. A estrada vai mesmo na quebrada daquele outeirinho. Os homens é dali que vão atirar, encobertos pelos sobreiros. Vamos depressa.

E um pouco descobertos, e outro curvados à sombra das devesas, chegaram a um valado donde ouviram os passos dos dois homens, que atravessavam o pontilhão de um córrego.

— Já não vamos a tempo — disse aflito o João da Cruz —, os homens vão atirar-lhe, porque o cavalo trupa cá muito atrás.

E corriam já sem temor de serem vistos, porque os outros tinham dobrado o outeiro, em cujo vale corria a estrada.

— Os homens vão atirar-lhe... — disse o ferrador.

— Gritemos daqui ao doutor que não vá para diante.

— Já não é tempo... Ou o matem ou não matem, quando voltarem, são nossos.

Tinham já passado o pontilhão, e subiam a ladeira, quando ouviram dois tiros.

— Arriba! — exclamou João da Cruz —, que não vão eles meter-se à estrada, se mataram o fidalgo.

Tinham vencido a chã, esbofados e ansiados, com as clavinas aperradas. Os criados de Baltasar, ao invés da conjetura do ferrador, retrocediam pelo mesmo atalho, supondo que os companheiros de Simão iam adiante batendo os pontos azados à emboscada, ou se tinham retardado.

— Eles aí vêm! — disse o arrieiro.

— Nós cá estamos — respondeu o ferrador, sentando-se a coberto de um cômoro. — Senta-te também, que eu não estou para correr atrás deles.

Os assassinos, a dez passos, viram de frente erguerem-se os dois vultos, e ladearam cada qual para seu lado, um galgando os socalcos duma vinha e outro atirando-se a uns silveirais.

— Atira ao da esquerda! — disse João da Cruz.

Foram simultâneas as explosões. A pontaria do ferrador fez logo um cadáver. Os balotes do arrieiro não estremaram o outro entre o carrascal onde se embrenhara.

A este tempo assomava Simão no *teso*[12] donde lhe tinham atirado, e corria ao ponto onde ouvira os segundos tiros.

— É vossa senhoria, fidalgo? — bradou o ferrador.

— Sou.

— Não o mataram?

— Creio que não — respondeu Simão.

— Este desalmado deixou fugir o melro — tornou João da Cruz, — mas o meu lá está a pernear na vinha. Sempre lhe quero ver as trombas...

O ferrador desceu os três socalcos da vinha e curvou-se sobre o cadáver, dizendo:

— Alma de cântaro, se eu tivesse duas clavinas, não ias sozinho para o inferno.

— Anda daí! — disse o arrieiro —, deixa lá esse diabo, que o senhor doutor está ferido num ombro. Vamos depressa, que está o sangue a escorrer-lhe.

— Eu vi duas cabeças a espreitarem-me de cima da ribanceira, e cuidei que eram vocês — disse Simão, enquanto o ferrador, com a destreza de hábil cirurgião, lhe enfaixava com lenços o braço ferido. — Parei o cavalo, e disse: "Olé! há novidade?" Logo que me não

---

[12] *Teso:* Elevação rochosa no terreno. (N. do E.)

responderam, saltei para terra; mas ainda eu tinha um pé no estribo quando me fizeram fogo. Quis saltar à ribanceira, mas não pude romper o mato. Dei uma volta grande para achar subida, e foi então que dei fé de estar ferido.

— Isto é uma arranhadura — disse João da Cruz —, olhe que eu sei disto, fidalgo! Estou afeito a curar muitas feridas.

— Nos burros, mestre João? — disse o ferido sorrindo.

— E nos cristãos também, senhor doutor. Olhe que houve em Portugal um rei que não queria outro médico senão um alveitar. Hei de mostrar-lhe o meu corpo, que está uma rede de facadas, e nunca fui ao cirurgião. Com ceroto e vinagre sou capaz de ir ressuscitar aquela alma do diabo que ali está a escutar a cavalaria.

Nisto ouviu-se um leve rumor de folhagem no matagal para onde tinha saltado o companheiro do morto.

João da Cruz, como galgo de fino olfato, fitou a orelha e resmungou:

— Querem vocês ver que elas se armam!... Dar-se-á o caso que o outro ainda esteja por ali a tremer maleitas?

O rumor continuou, e logo um bando de pássaros rompeu de entre a folhagem, chilreando.

— O homem está ali — tornou o ferrador. — Passe-me cá uma pistola, senhor Simão!

Correu mestre João, e ao mesmo tempo uma grande restolhada se fez entre as moitas de codessos e urzes.

— Ele estrinça lenha como um porco do monte! — exclamou o ferrador. — Ó cunhado, bate este mato com alguns penedos; quero ver sair o javali da moita!...

Para o outro lado da bouça estava um plaino cultivado. Simão, rodeando a sebe, conseguira saltar ao campo por sobre a pedra dum agueiro.

— Tenha lá mão, mestre; não vá você atirar-me! — bradou Simão ao ferrador.

— Pois o fidalgo já aí anda!? Então está fechado o cerco. Eu cá vou fazer de furão. Se este nos escapa, não há nada seguro neste mundo!

Não se enganaram. O criado de Baltasar Coutinho, quando se atirara desamparado à brenha, deslocara um joelho, e caíra atordoado. O arrieiro não examinou o efeito do tiro, porque atirara à ventura, e achava natural que o fugitivo se não molestasse. Quando volveu a si do aturdimento da queda, o homem arrastou-se até encontrar um cerrado de árvores silvestres, em que pernoitava a passarinhada. Como os melros cacarejassem, esvoaçando, o criado de Baltasar retrocedeu para o mato, cuidando que aí escaparia; mas o arrieiro jogava enormes calhaus em todas as direções, e alguns acertavam mais que as balas do seu bacamarte. João da Cruz tirou do bolso da jaqueta um podão, e começou a cortar a selva de carvalhas novas e giestas que se emaranhavam em redor do esconderijo. Já cansado, porém, e vendo o pouco fruto do trabalho, disse ao arrieiro:

— Petisca lume, vai ali dentro buscar um pouco de restolho seco e vamos pegar fogo ao mato, que este ladrão há de morrer assado.

O perseguido, quando tal ouviu, tirou do maior perigo coragem para fugir, rompendo a espessura e saltando a parede da tapada para o campo do restolho em que o arrieiro andava apanhando palha, e Simão esperava o desfecho da montaria. Correram a um tempo o arrieiro e o acadêmico sobre ele. O fugitivo, sentindo-se alcançado, lançou-se de joelhos e mãos erguidas, pedindo perdão, e dizendo que o amo o obrigara àquela desgraça. Já a coronha do bacamarte do arrieiro lhe ia direita ao peito, quando Simão lhe reteve o braço.

— Não se bate assim num homem ajoelhado! — disse o moço. — Levanta-te, rapaz!

— Eu não posso, senhor. Tenho uma perna quebrada e estou aleijado para minha vida!

Neste comenos chegou o ferrador e exclamou:

— Pois esse tratante ainda está vivo?!

E correu sobre ele com o podão.

— Não mate o homem, senhor João! — disse o filho do corregedor.

— Que o não mate! Essa é de cabo de esquadra! Com que então o fidalgo quer pagar-me com a forca o favor de o acompanhar... hein?

— Com a forca!? — atalhou Simão.

— Pudera não! Quer que este homem fique para ir contar a história? Acha bonito? Lá vossa senhoria, como é filho de ministro, não terá perigo; mas eu, que sou ferrador, posso contar que desta vez tenho o baraço no pescoço. Não me faz jeito o negócio. Deixe-me cá com o homem...

— Não o mate, senhor João; peço-lhe eu que o deixe ir. Uma testemunha não nos pode fazer mal.

— O quê! — redarguiu o ferrador. — Vossa senhoria é doutor, saberá muito, mas de justiça não sabe nada, e há de perdoar o meu atrevimento. Basta uma só testemunha para guiar a justiça na devassa. Às duas por três, uma testemunha de vista, e quatro de ouvir dizer, com o fidalgo de Castro Daire a mexer os pauzinhos, é forca certa, como dois e dois serem quatro.

— Eu não digo nada; não me matem, que eu nem torno a ir para Castro Daire — exclamou o homem.

— Deixe-o ficar, João da Cruz... vamos embora...

— Isso! — acudiu o ferrador. — Chame-me João da Cruz... para este maroto ficar bem certo que sou o João da Cruz!... Com efeito, não sei o que me parece Vossa Senhoria querer deixar com vida uma alma do diabo que lhe deu um tiro para o matar.

— Pois sim, tem você razão; mas eu não sei castigar miseráveis que me não resistem.

— E se ele o tivesse matado, castigava-o? Responda a isto, senhor doutor.

— Vamos embora — tornou Simão —, deixemos para aí esse miserável.

Mestre João cismou alguns momentos, coçando a cabeça, e resmungou com descontentamento:

— Vamos lá... Quem o seu inimigo poupa, nas mãos lhe morre.

Tinham já saído do plaino e saltado a tapada, e iam descendo para a estrada, quando o ferrador exclamou:

— Lá me ficou a minha clavina encostada à sebe... Vão indo, que eu venho já.

O arrieiro conduzia o cavalo, que pacificamente estivera tosando a relva das paredes marginais da estrada, quando Simão ouviu gritos. Conjeturou com certeza o que era.

— O João lá está a fazer justiça! — disse o arrieiro. — Deixá-lo lá, meu amo, que ele é homem que sabe o que faz.

João da Cruz apareceu daí a pouco, limpando com fenos o podão ensanguentado.

— Você é cruel, senhor João — disse o acadêmico.

— Não sou cruel — disse o ferrador —, o fidalgo está enganado comigo; é que, diz lá o ditado, morrer por morrer, morra meu pai, que é mais velho. Tanto faz matar um como dois. Quando se está com a mão na massa, tanto faz amassar um alqueire como três. As obras devem ser acabadas, ou então o melhor é não se meter a gente nelas. Agora levo a minha consciência sossegada. A justiça que prove, se quiser; mas não há de ser porque lho digam aqueles dois que eu mandei de presente ao diabo.

Simão teve um instante de horror do homicida, e de arrependimento de se ter ligado com tal homem.

❖

CAPÍTULO VII

O ferimento de Simão Botelho era melindroso demais para obedecer prontamente ao curativo do ferrador, enfronhado em aforismos de alveitaria. A bala passara-lhe de revés a porção muscular do braço esquerdo; mas algum vaso importante rompera, que não bastavam compressas a vedar-lhe o sangue. Horas depois de ferido, o acadêmico deitou-se febril, deixando-se medicar pelo ferrador. O arrieiro partiu para Coimbra, encarregado de espalhar a notícia de ter ficado no Porto Simão Botelho.

Mais que as dores e o receio da amputação, o mortificava a ânsia de saber novas de Teresa. João da Cruz estava sempre de sobrerrolda, precavido contra algum procedimento judicial por suspeitas dele. As pessoas que vinham de feirar na cidade contavam todas que dois homens tinham aparecido mortos, e constava serem criados dum fidalgo de Castro Daire. Ninguém, porém, ouvira imputar o assassínio a determinadas pessoas.

Na tarde desse dia recebeu Simão a seguinte carta de Teresa:

"*Deus permita que tenhas chegado sem perigo a casa dessa boa gente. Eu não sei o que se passa, mas há coisa misteriosa que eu não posso adivinhar. Meu pai tem estado toda a manhã fechado com o meu primo, e a mim não me deixa sair do quarto. Mandou-me tirar o tinteiro; mas eu felizmente estava prevenida com outro. Nossa Senhora quis que a pobre viesse pedir esmola debaixo da janela do meu quarto; senão eu nem tinha modo de lhe dar sinal para ela esperar esta carta. Não sei o que ela me disse. Falou-me em criados mortos; mas eu não pude entender... Tua mana Rita está me acenando por trás dos vidros do teu quarto...*

Disse-me agora tua mana que os moços de meu primo tinham aparecido mortos perto da estrada. Agora já sei tudo. Estive para lhe dizer que tu aí estás; mas não me deram tempo. Meu pai de hora a hora dá passeios no corredor, e solta uns ais muito altos.

Ó meu querido Simão, que será feito de ti?... Estarás ferido? Serei eu a causa da tua morte?

Dize-me o que souberes. Eu já não peço a Deus senão a tua vida. Foge desses sítios; vai para Coimbra, e espera que o tempo melhore a nossa situação. Tem confiança nesta desgraçada, que é digna da tua dedicação... Chega a pobre: não quero demorá-la mais... Perguntei-lhe se se dizia de ti alguma coisa, e ela respondeu que não. Deus o queira".

Respondeu Simão a querer tranquilizar o ânimo de Teresa. Do seu ferimento falava tão de passagem, que dava a supor que nem o curativo era necessário. Prometia partir para Coimbra logo que o pudesse fazer sem receio de Teresa sofrer na sua ausência. Animava-a a chamá-lo assim que as ameaças do convento passassem a ser realizadas.

Entretanto, Baltasar Coutinho, chamado às autoridades judiciárias para esclarecer a devassa instaurada, respondeu que efetivamente os homens mortos eram seus criados, de quem ele e sua família se acompanhara de Castro Daire. Acrescentou que não sabia que eles tivessem inimigos em Viseu, nem tinha contra alguém as mais leves presunções.

Os mais próximos vizinhos da localidade, onde os cadáveres tinham aparecido, apenas depunham que, alta noite, tinham ouvido dois tiros ao mesmo tempo, e outro depois. Um apenas adiantava coisa que não podia aluminar a justiça, e vinha a ser que o mato, nas vizinhanças do local, fora chapotado. Nesta escuridade a justiça não podia dar passo algum.

Tadeu de Albuquerque era conivente no atentado contra a vida de Simão Botelho. Fora seu alvitre, quando o sobrinho denunciou a causa das saídas frequentes de Teresa na noite do baile. Tanto ao velho como ao morgado convinha apagar algum indício que pudesse envolvê-los no mistério daquelas duas mortes. Os criados não mereciam a pena dum desforço que implicasse o desdouro de seus amos. Provas contra Simão Botelho não podiam aduzi-las. Àquela hora o supunham eles a caminho de Coimbra, ou refugiado em casa de seu pai. Restava-lhe ainda a esperança de que ele tivesse sido ferido e fosse acabar longe do local em que o tinham assaltado.

E quanto a Teresa, resolveu Albuquerque encerrá-la num convento do Porto, e escolheu Monchique, onde era prioresa uma sua próxima parente. Escreveu à prelada para lhe preparar aposentos, e ao procurador para negociar as licenças eclesiásticas para a entrada. Todavia, receando o velho algum incidente no espaço de tempo que medeava até se conseguirem as licenças, resolveu não ter consigo Teresa, e solicitou a retenção temporária dela num convento de Viseu.

Acabara Teresa de ler e esconder no seio a resposta de Simão Botelho que a mendiga lhe passara ao escurecer, pendente de uma linha, quando o pai entrou no seu quarto, e a mandou vestir-se. A menina obedeceu, tomando uma capa e um lenço.

— Vista-se como quem é: lembre-se que ainda tem os meus apelidos — disse com severidade o velho.

— Cuidei que não era preciso vestir-me melhor para sair à noite... — disse Teresa.

— E a senhora sabe aonde vai?

— Não sei... meu pai.

— Então vista-se, e não me dê leis.

— Mas, meu pai, atenda-me um momento.

— Diga.

— Se a sua ideia é obrigar-me a casar com meu primo...

— E daí?

— Decerto não caso; morro, e morro contente, mas não caso.

— Nem ele a quer. A senhora é indigna de Baltasar Coutinho. Um homem do meu sangue não aceita para esposa uma mulher que fala de noite aos amantes nos quintais. Vista-se depressa, que vai para um convento.

— Prontamente, meu pai. Esse destino lho pedi eu muitas vezes.

— Não quero reflexões. Daqui a pouco apareça-me vestida. Suas primas esperam-na para a acompanharem.

Quando se viu sozinha, Teresa debulhou-se em lágrimas e quis escrever a Simão. Àquela hora quem lhe levaria a carta? Apelou para o retábulo da Virgem, que ela fizera confidente do seu amor. Pediu-lhe de joelhos que a protegesse, que desse forças a Simão para resistir ao golpe, e guardar-lhe constância através dos trabalhos que sucedessem. Depois vestiu-se, comprimindo contra o seio um embrulho em que levava o tinteiro, o papel e o macete de cartas de Simão. Saiu do seu quarto, relanceando os olhos lagrimosos para o painel da Virgem, e, encontrando o pai, pediu-lhe licença para levar consigo aquela devota imagem.

— Lá irá ter — respondeu ele. — Se tivesse tanta vergonha como devoção, seria mais feliz do que há de ser.

Uma das primas, irmã de Baltasar, chamou-a de parte, e segredou-lhe:

— Ó menina, estava ainda na tua mão dares remédio à desordem desta casa...

— Qual remédio?! — perguntou Teresa com artificial seriedade.

— Dize a teu pai que não duvidas casar com o mano Baltasar.

— O primo Baltasar não me quer — replicou ela, sorrindo.

— Quem te disse isso, Teresinha?

— Disse-mo meu pai.

— Deixa falar teu pai, que está desatinado com o amor que te tem. Queres tu que eu lhe fale?

— Para quê?

— Para se remediar deste modo a desgraça de todos nós.

— Estás a brincar, prima! — redarguiu Teresa. — Eu hei de ser tua cunhada quando não tiver coração. Teu mano tem a certeza de que eu amo outro homem. Queria viver para ele; mas, se quiserem que eu morra por ele, abençoarei todos os meus algozes. Podes dizer isto ao primo Baltasar, dize-lho antes que te esqueça.

— Então vamos?! — disse o velho.

— Estou pronta, meu pai.

Abriu-se a portaria do mosteiro. Teresa entrou sem uma lágrima. Beijou a mão de seu pai, que ele não ousou recusar-lhe na presença das freiras. Abraçou suas primas, com semblante de regozijo; e, ao fechar-se a porta, exclamou, com grande espanto das monjas:

— Estou mais livre que nunca. A liberdade do coração é tudo.

As freiras olharam-se entre si, como se ouvissem na palavra "coração" uma heresia, uma blasfêmia proferida na casa do Senhor.

— Que diz a menina?! — perguntou a prioresa, fitando-a por cima dos óculos, e apanhando no lenço de Alcobaça a destilação do esturrinho.

— Disse eu que me sentia aqui muito bem, minha senhora.

— Não diga *minha senhora* — atalhou a escrivã.

— Como hei de dizer?

— Diga "nossa madre prioresa".

— Pois sim, nossa madre prioresa, disse eu que me sentia aqui muito bem.

— Mas quem vem para estas casas de Deus não vem para se sentir bem — tornou a nossa madre prioresa.

— Não?! — disse Teresa com sincera admiração.

— Quem para aqui vem, menina, há de mortificar o espírito, e deixar lá fora as paixões mundanas. Ora pois! Aqui está a nossa madre mestra de noviças, a quem compete encaminhá-la e dirigi-la.

Teresa não redarguiu: fez um gesto de respeito à mestra de noviças, e seguiu o caminho que a prelada lhe ia indicando.

A nossa madre entrou nos seus aposentos, e disse a Teresa que era sua hóspede enquanto ali estivesse; e ajuntou que não sabia se seu pai escolheria aquele convento ou outro.

— Que importa que seja um ou outro? — disse Teresa.

— É conforme. Seu pai pode querer que a menina professe em ordem rica das bentas ou bernardas.

— Professe! — exclamou Teresa. — Eu não quero ser freira aqui, nem noutra parte.

— A senhora há de ser o que seu pai quiser que seja.

— Freira!? A isso não pode ninguém obrigar-me! — reclamou Teresa.

— Isso assim é — retorquiu a prioresa —, mas, como a menina tem de noviciado um ano, sobra-lhe tempo para se habituar a esta vida, e verá que não há vida mais descansada para o corpo, nem mais saudável para a alma.

— Mas a nossa madre — tornou Teresa, sorrindo, como se a ironia lhe fosse habitual — já disse que a estas casas ninguém vem para se sentir bem...

— É um modo de falar, menina. Todos temos as nossas mortificações e obrigações de coro e de serviços para que nem sempre o espírito está bem-disposto. Ora vês aí. Mas em comparação do que lá vai pelo mundo, o convento é um paraíso. Aqui não há paixões, nem cuidados que tirem o sono, nem a vontade de comer, bendito seja o Senhor! Vivemos umas com as outras como Deus com os anjos. O que uma quer, querem todas. Más línguas é coisa que a menina não há de achar aqui, nem intriguistas, nem murmurações de soalheiro. Enfim, Deus fará o que for servido. Eu vou à cozinha buscar a ceia da menina e volto já. Aqui a deixo com a senhora madre organista, que é uma pomba, e com a nossa mestra de noviças, que sabe dizer melhor que eu o que é a virtude nestas santas casas.

Apenas a prioresa voltou costas, disse a organista à mestra de noviças:

— Que impostora!

— E que estúpida! — acudiu a outra. — A menina não se fie nesta trapalhona, e veja se seu pai lhe dá outra companhia enquanto cá estiver, que a prioresa é a maior intriguista do convento. Depois que fez sessenta anos, fala das paixões do mundo como quem as conhece por dentro e por fora. Enquanto foi nova, era a freira que mais escândalos dava na casa; depois de velha era a mais ridícula porque ainda queria amar e ser amada; agora, que está decrépita, anda sempre este mostrengo a fazer missões e a curar indigestões.

Teresa, apesar da sua dor, não pôde reprimir uma risada, lembrando-se da *vida de Deus com os anjos*, que as esposas do Senhor ali viviam, no dizer da madre prioresa.

Pouco depois, entrou a prelada com a ceia, e saíram as duas freiras.

— Que lhe pareceram as duas religiosas que ficaram com a menina? — disse ela a Teresa.

— Pareceram-me muito bem.

A velha distendeu os beiços matizados de meandros de esturrinho líquido e regougou:

— Hum!... Está feito, está feito!... Ainda não são das piores; mas, se fossem melhores, não se perdia nada... Ora vamos a isto, menina; aqui tem duas pernas de galinha e um caldo que o podem comer os anjos.

— Eu não como nada, minha senhora — disse Teresa.

— Ora essa! Não come nada?! Há de comer; sem comer ninguém resiste. Paixões... que as leve o porco sujo!... As mulheres é que ficam logradas, e eles não têm que perder!... Que eu, cá de mim, até o presente, Deus louvado, não sei o que sejam paixões; mas quem tem cinquenta e cinco anos de convento, tem muita experiência do que vê penar às outras doidivanas. E, para não ir mais longe, estas duas que daqui saíram têm pagado bem o seu tributo à asneira, Deus me perdoe, se peco. A organista tem já os seus quarenta bons, e ainda vai ao locutório derreter-se em finezas; a outra, apesar de ser mestra de noviças à falta doutra que quisesse sê-lo, se eu lhe não andasse com olho em cima, estragava-me as raparigas.

Este edificante discurso de caridade foi interrompido pela madre escrivã, que vinha, palitando os dentes, pedir à prelada um copinho de certo vinho estomacal com que todas as noites era brindada.

— Estava eu a dizer a esta menina as peças que são a organista e a mestra — disse a prioresa.

— Oh! são para o que eu lhe prestar! Lá foram ambas para a cela da porteira. A esta hora está a menina a ser cortada por aquelas línguas, que não perdoam ninguém.

— Vais tu ver se ouves alguma coisa, minha flor! — disse a prelada.

A escrivã, contente da missão, foi imperceptivelmente ao longo dos dormitórios até parar a uma porta, que não vedava o ruído estridente das risadas.

No entanto, dizia a prelada a Teresa:

— Esta escrivã não é má rapariga. Só tem o defeito de se tomar da pingoleta; pois não há quem a ature. Tem uma boa tença, mas gasta tudo em vinho, e tem ocasiões de entrar no coro a fazer *ss*, que é mesmo uma desgraça. Não tem outro defeito; é uma alma lavada e amiga da sua amiga. É verdade que, às vezes... (aqui a prelada ergueu-se a escutar nos dormitórios, e fechou por dentro a porta), é verdade que, às vezes, quando anda azuratada, dá por paus e por pedras e descobre os defeitos das suas amigas. A mim já ela me assacou um aleive, dizendo que eu, quando saía a ares, não ia só a ares, e andava por lá a fazer o que fazem as outras. Forte pouca-vergonha! Lá que outra falasse, vá; mas ela, que tem sempre uns namorados pandilhas que bebem com ela na grade, isso lá me custa; mas, enfim, não há ninguém perfeito!... Boa rapariga é ela... se não fosse aquele maldito vício...

Como tocasse ao coro nesta ocasião, a veneranda bebeu o segundo cálice do vinho estomacal, e disse a Teresa que a esperasse um quarto de hora, que ela ia ao coro, e pouco se demoraria. Tinha ela saído, quando a escrivã entrou a tempo que Teresa, com as mãos abertas sobre a face, dizia em si: "Um convento, meu Deus! Isto é que é um convento?!"

— Está sozinha? — disse a escrivã.

— Estou, minha senhora.

— Pois aquela grosseira vai-se embora, e deixa uma hóspeda sozinha? Bem se vê que é filha de funileiro!... Pois tinha tempo de ter prática do mundo, que tem andado por lá que farte... Eu havia de ir ao coro... Mas não vou, para lhe fazer companhia, menina.

— Vá, vá, minha senhora, que eu fico bem sozinha — disse Teresa, com a esperança de poder desafogar em lágrimas a sua aflição.

— Não vou, não!... A menina aqui estarrecia de medo; mas a prelada não tarda aí. Ela, se pode escapar-se do coro, não para lá muito tempo. A apostar que ela lhe esteve a falar mal de mim?

— Não, minha senhora, pelo contrário...

— Ora, diga a verdade, menina! Eu sei que esta cegonha não fala bem de ninguém. Para ela tudo são libertinas e bêbedas.

— Nada, não, minha senhora; nada me disse a respeito de alguma freira.

— E, se disse, deixá-la dizer. Ela o vinho não o bebe, suga-o; é uma esponja viva. E quanto à libertinagem, tomara eu tantos mil cruzados como de amantes ela tem tido! Faz lá uma pequena ideia, menina!...

A escrivã bebeu um cálice de vinho da sua prelada, e continuou:

— Faz lá uma pequena ideia! Ela é velhíssima como a sé. Quando eu professei, já ela era velha como agora, com pouca diferença. Ora eu sou freira há vinte e seis anos. Calcule a menina quantas arrobas de esturrinho ela tem atulhado naqueles narizes! Pois olhe, quer me creia, quer não, tenho-lhe conhecido mais de uma dúzia de chichisbéus, não falando do padre capelão, que esse agora lhe fornece a garrafeira, à nossa custa, entende-se. É uma dissipadora dos rendimentos da casa. Eu, que sou escrivã, é que sei o que ela rouba. Eu tenho imensa pena de ver a menina hospedada em casa desta hipócrita. Não se deixe levar das imposturices dela, meu anjinho. Eu sei que seu pai lhe mandou falar, e a encarregou de a não deixar escrever, nem receber cartas; mas olhe, minha filha, se quiser escrever, eu dou-lhe tinteiro, papel, *obreias*[13] e o meu quarto, se para lá quiser ir escrever. Se tem alguém que lhe escreva diga-lhe que mande as cartas em meu nome; eu chamo-me Dionísia da Imaculada Conceição.

— Muito agradecida, minha senhora — disse Teresa, animada pelo oferecimento. — Quem me dera poder mandar um recado a uma pobre que mora no beco do...

— O que quiser, menina. Eu mando lá logo que for dia. Esteja descansada. Não se fie de alguém, senão de mim. Olhe que a mestra de noviças e a organista são duas falsas. Não lhes dê trela, que, se as admite à sua confiança, está perdida. Aí vem a lesma... Falemos noutra coisa...

---

[13] *Obreias:* Pequena folha de massa de vários feitios e cores, para fechar cartas. (N. do E.)

A prelada vinha entrando, e a escrivã prosseguiu assim:

— Não há, não há nada mais agradável que a vida do convento quando se tem a fortuna de ter uma prelada como a nossa... Ai! eras tu, menina? Olha se estivéssemos a falar mal de ti!

— Eu sei que tu nunca falas mal de mim — disse a prelada, piscando o olho a Teresa. — Aí está essa menina que diga o que eu lhe estive a dizer das tuas boas qualidades...

— Pois o que eu disse de ti — respondeu sóror Dionísia da Imaculada Conceição — não precisas de perguntar, porque felizmente ouviste o que eu estava dizendo. Oxalá que se pudesse dizer o mesmo das outras que desonram a casa e trazem aqui tudo intrigado numa meada, que é mesmo coisa de pecado!

— Então não vais ao coro, Nini? — tornou a prioresa.

— Já agora é tarde... Tu absolves-me da falta, sim?

— Absolvo, absolvo, mas dou-te como penitência beberes um copinho...

— Do estomacal?

— Pudera!

Dionísia cumpriu a penitência, e saiu para, dizia ela, deixar a prelada na sua hora de oração.

Não delongaremos esta amostra do evangélico e exemplar viver do convento onde Tadeu de Albuquerque mandara sua filha a respirar o puríssimo ar dos anjos, enquanto se lhe preparava crisol mais depurador dos sedimentos do vício no convento de Monchique.

Encheu-se o coração de Teresa de amargura e nojo naquelas duas horas de vida conventual. Ignorava ela que o mundo tinha daquilo. Ouvira falar dos mosteiros como de um refúgio da virtude, da inocência e das esperanças imorredouras. Algumas cartas lera de sua tia, prelada em Monchique, e por elas formara conceito do que devia ser uma santa. Daquelas mesmas dominicanas, em cuja casa estava, ouvira dizer às velhas e devotas fidalgas de Viseu virtudes, maravilhas de caridade e até milagres. Que desilusão tão triste e, ao mesmo tempo, que ânsia de fugir dali!

A cama de Teresa estava na mesma cela da prioresa, em alcova separada, com cortinas de cassa.

Quando a prelada lhe disse que podia deitar-se, querendo, perguntou-lhe a menina se poderia escrever a seu pai. A freira respondeu que no dia seguinte o faria, posto que o senhor Albuquerque ordenasse que sua filha não escrevesse; assim mesmo ajuntou ela, que lho não proibiria, se tivesse tinteiro e papel na cela.

Teresa deitou-se, a prelada ajoelhou diante dum oratório, rezando a coroa a meia voz. Se o murmúrio da oração enfadasse a hóspeda, não teria ela muita razão de queixa porque a devota monja, ao segundo *padre-nosso,* cabeceava de modo que já não atinou com a primeira *ave-maria*. Levantou-se cambaleando uma mesura às imagens do santuário, foi deitar-se, e pegou a ressonar.

Teresa afastou sutilmente as cortinas do quarto, e tirou de entre o seu fato o tinteiro de tarraxa e o papel.

A lâmpada do oratório lançava um frouxo raio sobre a cadeira em que Teresa pusera os seus vestidos. Desceu da cama, ajoelhou ao pé da cadeira, e escreveu a Simão, relatando-lhe miudamente os sucessos daquele dia. A carta rematava assim:

> *"Não receies nada por mim, Simão. Todos estes trabalhos me parecem leves, se os comparo aos que tens padecido por amor de mim. A desgraça não abala a minha firmeza, nem deve intimidar os teus projetos. São alguns dias de tempestade, e mais nada. Qualquer nova resolução que meu pai tome dir-ta-ei logo, podendo, ou quando puder. A falta das minhas notícias deves atribuí-las sempre ao impossível. Ama-me assim desgraçada, porque me parece que os desgraçados são os que mais precisam de amor e de conforto. Vou ver se posso esquecer-me, dormindo. Como isto é triste, meu querido amigo!... Adeus".*

❖

CAPÍTULO VIII

Mariana, filha de João da Cruz, quando viu seu pai *pensar*[14] a chaga do braço de Simão, perdeu os sentidos. O ferrador riu estrondosamente da fraqueza da moça, e o acadêmico achou estranha sensibilidade em mulher afeita a curar as feridas com que seu pai vinha laureado de todas as feiras e romarias.

— Não há ainda um ano que me fizeram três buracos na cabeça, quando eu fui à Senhora dos Remédios, a Lamego, e foi ela que tosquiou e rapou o casco à navalha — disse o ferrador. — Pelo que vejo, o sangue do fidalgo deu volta ao estômago da rapariga!... Estamos então bem-avisados! Eu tenho cá a minha vida, e queria que ela fosse a enfermeira do meu doente... És, ou não és, rapariga? — disse ele à filha quando ela abriu os olhos, com semblante de envergonhada da sua fraqueza.

— Serei com muito gosto, se o pai quiser.

— Pois, então, moça, se hás de ir costurar para a varanda, vem aqui para a beira do senhor Simão. Dá-lhe caldos a miúdo, e trata-lhe a ferida; vinagre e mais vinagre, quando ela estiver assim a modo de roxa. Conversa com ele, não o deixes estar a malucar, nem escrever muito, que não é bom quando se está fraco do miolo. E vossa senhoria não tenha aquelas de cerimônia, nem me diga à Mariana — a menina isto, a menina aquilo. É — rapariga, dá cá um caldo; rapariga, lava-me o braço, dá cá as compressas — e nada de políticas. Ela está aqui como sua criada, porque eu já lhe disse que, se não fosse o pai de vossa senhoria, já ela há muito tempo que andava por aí às esmolas, ou pior ainda. É verdade que eu podia deixar-lhe uns benzinhos ganhos ali a suar na bigorna há dez anos, afora uns quatrocentos mil-réis que

---

[14] *Pensar:* Aplicar o curativo em uma ferida. (N. do E.)

herdei de minha mãe, que Deus haja; mas vossa senhoria bem sabe que, se eu fosse à forca ou pela barra fora, vinha a justiça, e tomava conta de tudo para as custas.

— Se vossemecê tem uma casinha sofrível — atalhou Simão — pode, querendo, casar a sua filha numa boa casa de lavoura.

— Assim ela quisesse. Maridos não lhe faltam; até o alferes da casa da igreja a queria, se eu lhe fizesse doação de tudo, que pouco é, ainda vale mil cruzados bons; o caso é que a moça não tem querido casar, e eu, a falar a verdade, sou só e mais ela, e também não tenho grande vontade de ficar sem esta companhia, para quem trabalho como mouro. Se não fosse ela, fidalgo, muita asneira tinha eu feito! Quando vou às feiras ou romarias, se a levo comigo, não bato, nem apanho; indo sozinho, é desordem certa. A rapariga já conhece quando pinga me sobe ao capacete do alambique; puxa-me pela jaqueta, por bons modos põe-me fora do arraial. Se alguém me chama para beber mais um quartilho, ela não me deixa ir, e eu acho graça à obediência com que me deixo guiar pela moça, que me pede que não vá por alma da mãe. Eu cá, em ela me pedindo por alma da minha santa mulher, já não sei de que freguesia sou.

Mariana ouvia o pai, escondendo meio rosto no seu alvíssimo avental de linho. Simão estava-se gozando na simpleza daquele quadro, rústico, mas sublime de naturalidade.

João da Cruz foi chamado para ferrar um cavalo, e despediu-se nestes termos:

— Tenho dito, rapariga; aqui te entrego o nosso doente; trata-o como quem é, e como se fosse teu irmão ou marido.

O rosto de Mariana acerejou-se quando aquela última palavra saiu, natural como todas, da boca de seu pai.

A moça ficou encostada ao batente da alcova de Simão.

— Não foi nada boa esta praga que lhe caiu em casa, Mariana! — disse o acadêmico. — Fazerem-na enfermeira dum doente, e privarem-na talvez de ir costurar na sua varanda, e conversar com as pessoas que passam...

— Que se me dá a mim disso? — respondeu ela, sacudindo o avental, e baixando o cós ao lugar da cintura com infantil graça.

— Sente-se, Mariana; seu pai disse-lhe que se sentasse... Vá buscar a sua costura, e dê-me dali uma folha de papel e um lápis que está na carteira.

— Mas o pai também me disse que o não deixasse escrever — replicou ela, sorrindo.

— Pouco, não faz mal. Eu escrevo apenas algumas linhas.

— Veja lá o que faz... — tornou ela, dando-lhe o papel e o lápis. — Olhe se alguma carta se perde, e se descobre tudo...

— Tudo o quê, Mariana? Pois sabe alguma coisa!?

— Era preciso que eu fosse muito tola... Eu não lhe disse que já sabia da sua amizade a uma menina fidalga da cidade?

— Disse. Mas que tem isso?

— Aconteceu o que eu receava. Vossa senhoria está aí ferido, e toda a gente fala nuns homens que apareceram mortos.

— Que tenho eu com os homens que apareceram mortos?

— Para que está a fingir-se de novas!? Pois eu não sei que esses homens eram criados do primo da tal senhora? Parece que vossa senhoria desconfia de mim, e está a querer guardar um segredo que eu tomara que ninguém soubesse, para que meu pai e o senhor Simão não tenham alguns trabalhos maiores...

— Tem razão, Mariana; ou não devia esconder de si o mau encontro que tivemos.

— E Deus queira que seja o último!... Tanto tenho pedido ao Senhor dos Passos que lhe dê remédio a essa paixão!... O pior futuro é o que ainda está por passar...

— Não, menina, isto acaba assim: eu vou para Coimbra logo que esteja bom, e a menina da cidade fica em sua casa.

— Se assim for, já prometi dois arráteis de cera ao Senhor dos Passos: mas não me diz o coração que vossa senhoria faça o que diz...

— Muito agradecido lhe estou pelo bem que me deseja — disse Simão, comovido. — Não sei o que lhe fiz para lhe merecer a sua amizade.

— Basta ver o que seu paizinho fez pelo meu — disse ela, limpando as lágrimas. — O que seria de mim, se ele me faltasse, e se fosse à forca como toda gente dizia!... Eu era ainda muito nova quando ele estava na enxovia. Teria treze anos; mas estava resolvida a atirar-me ao poço, se ele fosse condenado à morte. Se o degredassem, então ia com ele; ia morrer onde ele fosse morrer. Não há dia nenhum que eu não peça a Deus que dê a seu pai tantos prazeres como estrelas tem o céu. Fui de propósito à cidade para beijar os pés à sua mãezinha, e vi suas manas, e uma, que era a mais nova, deu-me uma saia de lapim, que eu ainda ali tenho guardada como uma relíquia. Depois, cada vez que ia à feira, dava uma grande volta para ver se acertava de encontrar a senhora D. Ritinha à janela; e muitas vezes vi o senhor Simão. E talvez não saiba que eu estava a beber na fonte quando vossa senhoria, há dois para três anos, deu muita pancada nos criados, que era mesmo um rebuliço que parecia o fim do mundo. Eu vim contar ao pai, e ele até caiu ao chão a dar risadas como um doido... Depois nunca mais o vi senão quando vossa senhoria entrou com o tio de Coimbra; mas já sabia que vinha para esta desgraça, porque tinha tido um sonho, em que via muito sangue, e eu estava a chorar porque via uma pessoa muito minha amiga a cair numa cova muito funda...

— Isso são sonhos, Mariana!...

— São sonhos, são; mas eu nunca sonhei nada que não acontecesse. Quando meu pai matou o almocreve, tinha eu sonhado que o via a dar um tiro noutro homem; antes de minha mãe morrer, acordei eu a chorar por ela, e mais ainda viveu dois meses... A gente da cidade ri-se dos sonhos, mas Deus sabe o que isto é... Aí vem meu pai... Senhor dos Passos! Não vá ser alguma má nova!...

João da Cruz entrou com uma carta que recebera da pobre do costume. Enquanto Simão leu a carta escrita do convento, Mariana fitou os seus grandes olhos azuis no rosto do acadêmico, e, a cada contração da fronte dele, angustiava-se-lhe a ela o coração. Não teve mão da sua ânsia, e perguntou:

— É notícia má?

— Tu és muito atrevida, rapariga! — disse João da Cruz.

— Não é, não — atalhou o estudante. — Não é má notícia, Mariana. Senhor João, deixe-me ter na sua filha uma amiga, que os desgraçados é que sabem avaliar os amigos.

— Isso é verdade; mas eu não me atrevia a perguntar o que a carta diz.

— Nem eu perguntei, meu pai; foi porque me pareceu que o senhor Simão estava aflito quando lia.

— E não se enganou — tornou o doente, voltando-se para o ferrador. — O pai arrastou Teresa ao convento.

— Sempre é patife duma vez! — disse o ferrador, fazendo com os braços instintivamente um movimento de quem aperta entre as mãos um pescoço.

Neste lance, um observador perspicaz veria luzir nos olhos de Mariana um clarão de inocente alegria.

Simão sentou-se, e escreveu sobre uma cadeira, que Mariana espontaneamente lhe chegou, dizendo:

— Enquanto escreve, vou olhar pelo caldinho, que está a ferver.

"É necessário arrancar-te daí — dizia a carta de Simão. — Esse convento há de ter uma evasiva. Procura-a, e dize-me a noite e a hora em que devo esperar-te. Se não puderes fugir, essas portas hão de abrir-se diante da minha cólera. Se daí te mandarem para outro convento mais longe, avisa-me, que eu irei, sozinho ou acompanhado, roubar-te ao caminho. É indispensável que te refaças de ânimo para te não assustarem os arrojos da minha paixão. És minha! Não sei de que me serve a vida, se a não sacrificar a salvar-te. Creio em ti, Teresa, creio. Ser-me-ás fiel na vida e na morte. Não sofras com paciência; luta com heroísmo. A submissão é uma ignomínia quando o poder paternal é uma afronta. Escreve-me a toda a hora que possas. Eu estou quase bom. Diz-me uma palavra, chama-me, e eu sentirei que a perda do sangue não diminui as forças do coração."

Simão pediu a sua carteira, tirou dinheiro em prata, deu-o ao ferrador, e recomendou-lhe que o entregasse à pobre com a carta.

Depois ficou relendo a de Teresa, e recordando-se da resposta que dera. Mestre João foi à cozinha e disse a Mariana:

— Desconfio duma coisa, rapariga.

— O que é, meu pai?

— O nosso doente está sem dinheiro.

— Por quê? O pai como sabe isso?

— É que ele pediu-me a carteira para tirar dinheiro, e ela pesava tanto como uma bexiga de porco cheia de vento. Isto bole-me cá por dentro! Queria oferecer-lhe dinheiro, e não sei como há de ser...

— Eu pensarei nisso, meu pai — disse Mariana, refletindo.

— Pois sim; cogita lá tu, que tens melhores ideias que eu.

— E, se o pai não quiser bulir nos seus quatrocentos, eu tenho aquele dinheiro dos meus bezerros: são onze moedas de ouro menos um quarto.

— Pois falaremos: pensa tu no modo de ele aceitar sem *remorsos*.

Remorsos, na linguagem pouco castigada de mestre João, era sinônimo de *escrúpulos,* ou *repugnância*.

Foi Mariana levar o caldo a Simão, que lho rejeitou como distraído em profundo cismar.

— Pois não toma o caldinho? — disse ela com tristeza.

— Não posso, não tenho vontade, menina; será logo. Deixe-me sozinho algum tempo; vá, vá; não passe o seu tempo ao pé dum doente aborrecido.

— Não me quer aqui? Irei, e voltarei quando vossa senhoria chamar. — Dissera isto Mariana com os olhos a reverem lágrimas.

Simão notou as lágrimas, e pensou um momento na dedicação da moça; mas não lhe disse palavra alguma.

E ficou pensando na sua espinhosa situação. Deviam de ocorrer-lhe ideias aflitivas que os romancistas raras vezes atribuem aos seus heróis. Nos romances todas as crises se explicam, menos a crise ignóbil da falta de dinheiro. Entendem os novelistas que a matéria é baixa e plebeia. O estilo vai de má vontade para coisas rasas. Balzac fala muito em dinheiro; mas dinheiro a milhões. Não conheço, nos cinquenta livros que tenho dele, um galã num entreato da sua tragédia a cismar no modo de arranjar uma quantia com que pague ao alfaiate, ou se desembarace das redes que um usurário lhe lança, desde a casa do juiz de paz a todas as esquinas, donde o assaltam o capital e juro de oitenta por cento. Disto é que os mestres em romance se escapam sempre. Bem sabem eles que o interesse do leitor se gela a passo igual que o herói se encolhe nas proporções destes heroizinhos de botequim, de quem o leitor dinheiroso foge por instinto, e o outro foge também, porque não tem que fazer com ele. A coisa é vilmente prosaica, de todo o meu coração o confesso. Não é bonito deixar a gente vulgarizar-se o seu herói a ponto de pensar na falta de dinheiro, um momento depois que escreveu à mulher estremecida uma carta como aquela de Simão Botelho. Quem a lesse, diria que o rapaz tinha postadas, em diferentes estações das estradas do país, carroças e folgadas parelhas de mulas para transportarem a Paris, a Veneza ou ao Japão a bela fugitiva! As estradas, naquele tempo, deviam ser boas para isso; mas não tenho a certeza de que houvesse estradas para o Japão. Agora creio que há, porque me dizem que há tudo.

Pois eu já lhes fiz saber, leitores, pela boca de mestre João, que o filho do corregedor não tinha dinheiro. Agora lhes digo que era em dinheiro que ele cismava, quando Mariana lhe trouxe o caldo rejeitado.

A meu ver, deviam atribulá-lo estes pensamentos:

Como pagaria a hospitalidade de João da Cruz?

Com que agradeceria os desvelos de Mariana?

Se Teresa fugisse, com que recursos proveria à subsistência de ambos?

Ora, Simão Botelho saíra de Coimbra com a sua mesada, que não era grande, e quase lha absorvera o aluguel da cavalgadura e a gorjeta generosa que dera ao arrieiro, a quem devia o conhecimento do prestante ferrador.

As relíquias desse dinheiro dera-as ele à portadora da carta naquele dia. Má situação!

Lembrou-se de escrever à mãe. Que lhe diria ele? Como explicaria a sua residência naquela casa? Deste modo não iria ele dar indícios da morte misteriosa dos dois criados de Baltasar Coutinho?

Além de que, sobejamente sabia ele que sua mãe o não amava; e, a mandar-lhe algum dinheiro em segredo, seria escassamente o necessário para a jornada até Coimbra. Péssima situação!

Cansado de pensar, favoreceu-o a providência dos infelizes com um sono profundo.

E Mariana entrara pé ante pé na sala, e, ouvindo-lhe a respiração alta, aventurou-se a entrar na alcova. Lançou-lhe um lenço de cassa sobre o rosto, em roda do qual zumbia um enxame de moscas. Viu a carteira sobre uma banqueta que adornava o quarto, pegou nela, e saiu pé ante pé. Abriu a carteira, viu papéis, que não soube ler, e num dos repartimentos duas moedas de seis vinténs. Foi restituir a carteira ao seu lugar, e tomou de um cabide as calças, colete e jaqueta à espanhola, do hóspede. Examinou os bolsos e não encontrou um ceitil.

Retirou-se para um canto escuro do sobrado, e meditou. Esteve meia hora assim, e meditava angustiada a nobre rapariga. Depois ergueu-se de golpe, e conversou longo tempo com o pai. João da Cruz escutou-a, contrariou-a, mas ia de vencida sempre pelas réplicas da filha, até que, afinal, disse:

— Farei o que dizes, Mariana. Dá-me cá o teu dinheiro, que não vou agora levantar a pedra da lareira para bulir no caixote dos quatrocentos mil-réis. Tanto faz um como o outro: teu é ele todo.

Mariana deu-se pressa em ir à arca, donde tirou uma bolsa de linho com dinheiro em prata, e alguns cordões, anéis e arrecadas. Guardou o seu ouro numa boceta, e deu a bolsa ao pai.

João da Cruz aparelhou a égua, e saiu. Mariana foi para a sala do doente.

Acordou Simão.

— Não sabe?! — exclamou ela com semblante entre alegre e assustado, perfeitamente contrafeito.

— Que é, Mariana?

— Sua mãezinha sabe que vossa senhoria aqui está.

— Sabe?! Isto é impossível! Quem lho disse?

— Não sei; o que sei é que ela mandou chamar meu pai.

— Isto espanta-me!... E não me escreveu?

— Não, senhor!... Agora me lembro que talvez ela soubesse que o senhor aqui esteve, e cuide que já não está, e por isso lhe não escreveu... Poderá ser?

— Poderá... Mas quem lho diria? Se isto se sabe, então podem suspeitar da morte dos homens.

— Pode ser que não; e, ainda que desconfiem, não há testemunhas. O pai disse que não tinha medo nenhum. O que for soará. Não esteja agora a cismar nisso... Vou-lhe buscar o caldinho, sim?

— Vá, se quer, Mariana. O céu deparou-me em si a amizade duma irmã.

Não achou a moça na sua alegre alma palavras em resposta à doçura que o rosto do mancebo exprimia.

Veio com o "caldinho" — diminutivo que a retórica duma linguagem meiga sanciona; mas contra o qual protestava a larga e funda malga branca, ao lado da travessa com meia galinha loira, de gorda.

— Tanta coisa! — exclamou, sorrindo, Simão.

— Coma o que puder — disse ela corando. — Eu bem sei que os senhores da cidade não comem em malgas tamanhas, mas eu não tinha outra mais pequena; e coma sem nojo, que esta malga nunca serviu, que a fui eu buscar à loja, por pensar que vossa senhoria não quisera ontem comer por se atrigar da outra.

— Não, Mariana, não seja injusta, eu não comi ontem pela mesma razão por que não como agora: não tinha nem tenho vontade.

— Mas coma por eu lhe pedir... Perdoe o meu atrevimento... Faça de conta que é uma sua irmã que lhe pede. Ainda agora me disse...

— Que o céu me dava em si a amizade duma irmã...

— Pois aí está...

Simão achou tão necessário à sua conservação o sacrifício, como ao contentamento da carinhosa Mariana. Passou-lhe na mente, sem sombra de vaidade, a conjetura de que era amado daquela doce criatura. Entre si dizia que seria uma crueza mostrar-se conhecedor de tal afeição quando não tinha alma para lha premiar, nem para lhe mentir. Assim mesmo, bem longe de se afligir, lisonjeavam-no os desvelos da gentil moça. Ninguém sente em si o peso do amor que se inspira e não comparte. Nas máximas aflições, nas derradeiras horas do coração e da vida, é grato ainda sentir-se amado quem já não pode achar no amor diversão das penas, nem soldar o último fio que se está partindo. Orgulho ou insaciabilidade do coração humano, seja o que for, no amor que nos dão é que nós graduamos o que valemos em nossa consciência.

Não desprazia, portanto, o amor de Mariana ao amante apaixonado de Teresa. Isto será culpa no severo tribunal das minhas leitoras; mas, se me deixam ter opinião, a culpa de Simão Botelho está na fraca natureza, que é toda galas no céu, no mar e na terra, e toda incoerência, absurdezas e vícios no homem, que se aclamou a si próprio rei da criação, e nesta boa-fé dinástica vai vivendo e morrendo.

❖

CAPÍTULO IX

Duas horas se detivera João da Cruz fora de casa. Chegou quando a curiosidade do estudante era já sofrimento.

— Estará seu pai preso? — dissera ele a Mariana.

— Não mo diz o coração, e o meu coração nunca me engana — respondera ela.

E Simão replicara:

— E que lhe diz o coração a meu respeito, Mariana? Os meus trabalhos ficarão aqui?

— Vou-lhe dizer a verdade, senhor Simão... mas não digo...

— Diga, que lho peço, porque tenho fé no bom anjo que fala em sua alma. Diga...

— Pois sim... O meu coração diz-me que os seus trabalhos ainda estão no começo...

Simão ouviu-a atentamente e não respondeu. Assombrou-lhe o ânimo esta ideia torva, e afrontosa à singela rapariga: — "Pensará ela em me desviar de Teresa, para se fazer amar?"

Pensava assim quando chegou o ferrador.

— Aqui estou de volta — disse ele com semblante festivo. — Sua mãe mandou-me chamar...

— Já sei... E como soube ela que eu estava aqui?

— Ela sabia que o fidalgo estivera cá; mas cuidava que vossa senhoria já tinha ido para Coimbra. Quem lho disse não sei, nem perguntei; porque a uma pessoa de respeito não se fazem perguntas. Dizia ela que sabia o fim a que o senhor viera esconder-se aqui. Ralhou alguma coisa; mas eu, cá como pude, acomodei-a e não há novidade. Perguntou-me o que estava o menino fazendo aqui depois que a fidalguinha fora para o convento. Disse-lhe que vossa senhoria estava adoentado de uma queda que dera do cavalo abaixo. Tornou ela a perguntar-me se o senhor tinha dinheiro; e eu disse que não sabia.

E, vai ela, foi dentro, e voltou daí a pouco com este embrulho, para eu lhe entregar. Aí o tem e qual; não sei quanto é.

— E não me escreveu?

— Disse que não podia ir à escrivaninha, porque estava lá o senhor corregedor — respondeu com firmeza mestre João — e também recomendou que não lhe escrevesse vossa senhoria senão de Coimbra, porque, se seu pai soubesse que o menino cá estava, ia tudo raso lá em casa. Ora aí está.

— E não lhe falou nos criados de Baltasar?

— Nem um pio!... Lá na cidade ninguém já falava nisso hoje.

— E que lhe disse da senhora D. Teresa?

— Nada, senão que ela fora para o convento. Agora deixe-me ir amansar a égua, que está a escorrer em fio. Ó rapariga, traz-me cá a manta.

Enquanto Simão contava onze moedas menos um quartilho, maravilhado da estranha liberalidade, Mariana, abraçando o pai no repartimento vizinho da casa, exclamava:

— Arranjou muito bem a mentira!

— Ó rapariga, quem mentiu foste tu! Aquilo lá o arranjaste tu com essa tua cabecinha! Mas a coisa saiu ao pintar, hein? Ele comeu-a que nem confeitos! Anda lá, que ficaste sem os bezerros, mas lá virá tempo em que ele te dê bois a troco de bezerros.

— Eu não fiz isto por interesse, meu pai... — atalhou ela, ressentida. — Olha o milagre! Isso sei eu: mas, como diz lá o ditado: quem semeia, colhe.

Mariana quedou pensativa, e dizendo entre si: — Ainda bem que ele não pode pensar de mim o que meu pai pensa. Deus sabe que não tenho esperanças nenhumas interesseiras no que fiz.

Simão chamou o ferrador, e disse-lhe:

— Meu caro João, se eu não tivesse dinheiro, aceitava sem repugnância os seus favores e creio que vossemecê mos faria sem esperança de ganhar com eles; mas, como recebi esta quantia, há de consentir que lhe dê parte dela para os meus alimentos. Motivos de gratidão a dívidas que se não pagam, ainda me ficam muitos para nunca me esquecer de si e de sua boa filha. Tome este dinheiro.

— As contas fazem-se no fim — respondeu o ferrador, retirando a mão — e ninguém nos há de ouvir, se Deus quiser. Precisando eu de dinheiro, cá venho. Por ora, ainda está a capoeira cheia de galinhas, e o pão coze-se todas as semanas.

— Mas aceite — instou Simão — e dê-lhe a aplicação que quiser.

— Em minha casa ninguém dá leis senão eu — replicou mestre João, com simulado enfadamento. — Guarde lá o seu dinheiro, fidalgo, e não falemos mais nisso, se quer que o negócio vá direito até ao fim. E *victo-sério!*

Nos cinco subsequentes dias recebeu Simão regularmente cartas de Teresa, umas resignadas e confortadoras, outras escritas na violência exasperada da saudade. Em uma dizia:

"Meu pai deve saber que estás aí, e, enquanto aí estiveres, decerto me não tira do convento. Seria bom que fosses para Coimbra, e deixássemos esquecer a meu pai os últimos acontecimentos. Senão, meu querido esposo, nem ele me dá liberdade, nem eu sei como hei de fugir deste inferno. Não fazes ideia do que é um convento! Se eu pudesse fazer do meu coração sacrifício a Deus, teria de procurar uma atmosfera menos viciosa que esta. Creio que em toda a parte se pode orar e ser virtuosa, menos neste convento".

Noutra carta exprimia-se assim:

"Não me desampares, Simão; não vás para Coimbra. Eu receio que meu pai me queira mudar deste convento para outro mais rigoroso. Uma freira me disse que eu ficava aqui; outra positivamente me afirmou que o pai diligencia a minha ida para um mosteiro do Porto. Sobretudo, o que me aterra, mas não me dobra, é saber eu que o intento do pai é fazer-me professar. Por mais que imagine violências e tiranias, nenhuma vejo capaz de me arrancar os votos. Eu não posso professar sem ser noviça um ano, e ir a perguntas três vezes; hei de responder sempre que não. Se eu pudesse fugir daqui!... Ontem fui à cerca e vi lá uma porta de carro que dá para o caminho. Soube que algumas vezes aquela porta se abre para entrarem carros de lenha; mas infelizmente não se torna a abrir até ao princípio do inverno. Se não puder antes, meu Simão, fugirei nesse tempo".

Tiveram, entretanto, bom e pronto êxito as diligências de Tadeu de Albuquerque. A prelada de Monchique, religiosa de sumas virtudes, cuidando que a filha de seu primo muito de sua devoção e amor a Deus se recolhia ao mosteiro, preparou-lhe casa, e congratulou-se com a sobrinha de tão piedosa resolução. A carta congratulatória não a recebeu Teresa, porque viera à mão de seu pai. Continha ela reflexões tendentes a desvanecê-la do propósito, se algum desgosto passageiro a impelia à imprudência de procurar um refúgio onde as paixões se exacerbavam mais.

Tomadas todas as precauções, Tadeu de Albuquerque fez avisar sua filha de que sua tia de Monchique a queria ter em sua companhia algum tempo, e que a jornada se faria na madrugada do dia seguinte.

Teresa, quando recebeu a surpreendente nova, já tinha enviado a carta daquele dia a Simão. Em sua aflitiva perplexidade, resolveu fazer-se doente, e tão febril estava das comoções, que dispensava o artifício. O velho não queria transigir com a doença; mas o médico do mosteiro reagiu contra a desumanidade do pai e da prioresa, interessada na violência. Quis Teresa nessa noite escrever a Simão; mas a criada da prelada, obedecendo às suspeitas da ama, não desamparou a cabeceira do leito da enferma. Era causa a esta espionagem ter dito a escrivã, numa hora de má digestão daquele certo vinho estomacal, que Teresa passava as noites em oração mental, e tinha correspondência com um anjo do céu por intervenção duma mendiga. Algumas religiosas tinham visto a mendiga no pátio do convento esperando a esmola de Teresa; mas cuidaram que era aquela pobre uma devoção da menina. As palavras irônicas da escrivã foram comentadas, e a mendiga recebeu ordem de sair da portaria. Teresa, num ímpeto de angústia, quando tal soube, correu a uma janela, e chamou a pobre, que se retirava assustada, e lançou-lhe ao pátio um bilhete com estas palavras: "É impossível a nossa correspondência. Vou ser tirada daqui para outro convento. Espera em Coimbra notícias minhas". Isto foi rapidamente ao conhecimento da prioresa e, logo, às ordens dela, partiu o hortelão no encalço da pobre. O hortelão seguiu-a até fora de portas, espancou-a, tirou-lhe o bilhete, e foi do convento apresentá-lo a Tadeu de Albuquerque. A mendiga não retrocedeu; caminhou à casa do ferrador e contou a Simão o acontecido.

Simão lançou-se fora do leito e chamou João da Cruz. Naquele aperto queria ouvir uma voz, queria poder chamar amigo a um homem que lhe estendesse mão capaz de apertar o cabo dum punhal. O ferrador ouviu a história e deu o seu voto: "esperar até ver". Simão repeliu a prudencial frieza do confidente, e disse que partia para Viseu imediatamente.

Mariana estava ali, ouvira a confidência, e achara acertada a opinião de seu pai. Vendo, porém, a impaciência do hóspede, pediu licença para falar onde não era chamada, e disse:

— Se o senhor Simão quer, eu vou à cidade e procuro no convento a Brito, que é uma rapariga minha conhecida, moça duma freira, e dou-lhe uma carta sua para entregar à fidalga.

— Isso é possível, Mariana? — exclamou Simão, a ponto de abraçar a moça.

— Pois então! — disse o ferrador —, o que pode fazer-se, faz-se. Vai-te vestir, rapariga; que eu vou botar o albardão à égua.

Simão sentou-se a escrever. Tão embaralhadas lhe acudiam as ideias, que não atinava a formar o desígnio mais proveitoso à situação de ambos. Ao cabo de longa vacilação, disse a Teresa que fugisse, à hora do dia, quando a porta estivesse aberta ou violentasse a porteira a abrir-lha. Dizia que marcasse ela a hora do dia seguinte em que ele a devia esperar com cavalgaduras para a fuga. Em recurso extremo, prometia assaltar com homens armados o mosteiro, ou incendiá-lo para se abrirem as portas. Este programa era o mais parecido com o espírito do acadêmico. Em vivo fogo ardia aquela pobre cabeça! Fechada a carta, começou a passear em torcicolos, como se obedecesse a desencontrados impulsos. Encravava as unhas na cabeça, e arrancava os cabelos. Investia como cego contra as paredes, e sentava-se um momento para erguer-se de mais furioso ímpeto. Maquinalmente aferrava das pistolas, e sacudia os braços vertiginosos. Abria a carta para relê-la, e estava a ponto de rasgá-la, cuidando que iria tarde, ou não lhe chegaria às mãos. Neste conflito de contrários projetos, entrou Mariana, e muito alucinado devia de estar Simão para lhe não ver as lágrimas[15].

O que tu sofrias, nobre coração de mulher pura! Se o que fazes por esse moço é gratidão ao homem que salvou a vida de teu pai, que rara virtude a tua! Se o amas, se por lhe dar alívio às dores, tu mesma lhe desempeces o caminho por onde te ele há de fugir para sempre, que nome darei ao teu heroísmo?! Que anjo te fadou o coração para a santidade desse obscuro martírio?!

— Estou pronta — disse Mariana.

— Aqui tem a carta, minha boa amiga. Faça muito por não vir sem resposta — disse Simão, dando-lhe com a carta um embrulho de dinheiro.

---

[15] Observar que este parágrafo é dominado pelo espírito do "Sturm und Drang" (tempestade e ímpeto) dos românticos. (N. do E.)

— E o dinheiro também é para a senhora? — disse ela.

— Não, é para si, Mariana: compre um anel.

Mariana tomou a carta e voltou rapidamente as costas para que Simão não lhe visse o gesto de despeito, senão desprezo.

O acadêmico não ousou insistir, vendo-a apressar-se na descida para o quinteiro, onde o ferrador enfreava a égua.

— Não lhe chegues muito com a vara — disse João da Cruz a Mariana, que, de um pulo, se assentou no albardão, coberto de uma colcha escarlate.

— Tu vais amarela como cidra, moça! — exclamou ele, reparando na palidez da filha. — Tu que tens?

— Nada; que hei de eu ter?! Dê-me cá a vara, meu pai.

A égua partiu a galope, e o ferrador, no meio da estrada, a rever-se na filha e na égua, dizia em solilóquio, que Simão ouvira:

— Vales tu mais, rapariga, que quantas fidalgas tem Viseu! Pela mais pintada não dava eu a minha égua; e, se cá viesse o Miramolim de Marrocos pedir-me a filha, os diabos me levem se eu lhe dava! Isto é que são mulheres, e o mais é uma história!

❖

CAPÍTULO X

Apeou Mariana defronte do mosteiro, e foi à portaria chamar a sua amiga Brito.

— Que boa moça! — disse o padre capelão, que estava no raro lateral da porta, praticando com a prioresa acerca da salvação das almas e de umas ancoretas de vinho do Pinhão que ele recebera naquele dia e do qual já tinha engarrafado um almude para tonizar o estômago da prelada.

— Que boa moça! — tornou ele, com um olho nela e outro no raro, onde a ciumosa prioresa se estava remordendo.

— Deixe lá a moça, e diga quando há de ir a servente buscar o vinho.

— Quando quiser, senhora prioresa. Mas repare bem nos olhos, no feitio, naquele todo da rapariga!...

— Pois repare o senhor padre João — replicou a freira — que eu tenho mais que fazer.

E retirou-se com o coração malferido, e o queixo superior escorrendo lágrimas... de *simonte*[16].

— Donde é vossemecê? — disse brandamente o padre capelão.

— Sou da aldeia — respondeu Mariana.

— Isso vejo eu... Mas de que aldeia é?

— Não me confesso agora.

— Mas não faria mal se se confessasse a mim, menina, que sou padre.

---

[16] *Simonte:* Diz-se do tabaco de primeira folha, ordinariamente empregado para cheirar. No texto, *lágrimas falsas* (N. do E.)

— Bem vejo.

— Que mau gênio tem!

— É isto que vê.

— Quem procura cá no convento?

— Já disse lá para dentro quem procuro.

— Mariana! és tu? Anda cá!

A moça fez uma cortesia de cabeça ao padre capelão, e foi ao locutório donde vinha aquela voz.

— Eu queria falar contigo em particular, Joaquina — disse Mariana.

— Eu vou ver se arranjo uma grade: espera aí.

O padre tinha saído do pátio, e Mariana, enquanto esperava, examinou, uma a uma, as janelas do mosteiro. Numa das janelas, através das reixas de ferro, viu ela uma senhora sem hábito.

— Será aquela? — perguntou Mariana ao seu coração, que palpitava.

— Se eu fosse amada como ela!

— Sobe aquelas escadinhas, Mariana, e entra na primeira porta do corredor, que eu lá vou — disse Joaquina.

Mariana deu alguns passos, olhou novamente para a janela onde vira a senhora sem hábito, e repetiu ainda:

— Se eu fosse amada como ela!

Mal entrou na grade, disse à sua amiga:

— Olha lá, Joaquina, quem é uma menina muito branca, alva como o leite, que estava ali agora numa janela?

— Seria alguma noviça, que há duas cá muito lindas.

— Mas ela não tinha vestimenta nenhuma de freira.

— Ah! já sei; é a D. Teresinha de Albuquerque.

— Então não me enganei — disse Mariana, pensativa.

— Pois tu conhece-a?

— Não; mas por amor dela é que eu cá vim falar contigo.

— Então que é?! Que tens tu com a fidalga?

— Eu cá, por mim, nada; mas conheço uma pessoa que lhe quer muito.

— O filho do corregedor?

— Esse mesmo.

— Mas esse está em Coimbra.

— Não sei se está, nem se não. Fazes-me tu um favor?

— Se eu puder.

— Podes... Eu queria falar com ela.

— Ó dianho! Isso não sei se poderá ser, porque a trazem as freiras debaixo de olho, e ela vai-se embora amanhã.

— Para onde vai?

— Vai para outro convento, não sei se de Lisboa se do Porto. Os baús já estão preparados, e ela está morta por sair. E tu que lhe queres?

— Não to posso dizer, porque não sei... Queria dar-lhe um papel... Faze com que ela cá venha, que eu dou-te chita para um vestido.

— Como tu estás rica, Mariana!... — atalhou Joaquina. — Eu não quero a tua chita, rapariga. Se eu puder dizer-lhe que venha, sem que alguém me ouça, digo-lho. E agora é boa maré, porque tocou ao coro... Deixa-me lá ir...

Joaquina saiu-se bem da difícil comissão. Teresa estava sozinha, absorvida a cismar, com os olhos fitos no ponto onde vira Mariana.

— A menina faz favor de vir comigo depressinha? — disse-lhe a criada.

Seguiu-a Teresa, e entrou na grade, que Joaquina fechou dizendo:

— O mais breve que possa, bata por dentro para eu lhe abrir a porta. Se perguntarem por vossa excelência, digo-lhe que a menina está no mirante.

A voz de Mariana tremia, quando D. Teresa lhe perguntou quem era.

— Sou uma portadora desta carta para vossa excelência.

— É de Simão! — exclamou Teresa.

— Sim, minha senhora.

— Eu não posso escrever-lhe, que me roubaram o meu tinteiro, e ninguém me empresta um. Diga-lhe que vou de madrugada para o convento de Monchique, do Porto. Que se não aflija, porque eu sou sempre a mesma. Que não venha cá, porque isso seria inútil, e muito perigoso. Que vá ver-me ao Porto, que hei de arranjar modo de lhe falar. Diga-lhe isto, sim?

— Sim, minha senhora.

— Não se esqueça, não? Vir cá, por modo nenhum. É impossível fugir, e vou muito acompanhada. Vai o primo Baltasar e as minhas primas e meu pai e não sei quantos criados de bagagens e das liteiras. Tirar-me no caminho é uma loucura com resultados funestos. Diga-lhe tudo, sim?

Joaquina disse fora da porta:

— Menina, olhe que a senhora prioresa anda lá por dentro a procurá-la.

— Adeus, adeus — disse Teresa, sobressaltada. — Tome lá esta lembrança como prova da minha gratidão.

E tirou do dedo um anel de ouro, que ofereceu a Mariana.

— Não aceito, minha senhora.

— Por que não aceita?

— Porque não fiz algum favor a vossa excelência. A receber alguma paga há de ser de quem me cá mandou. Fique com Deus, minha senhora, e oxalá que seja feliz.

Saiu Teresa, e Joaquina entrou na grade.

— Já te vais embora, Mariana?

— Vou, que é pressa; um dia virei conversar contigo muito. Adeus, Joaquina.

— Pois não me contas o que isto é? O amor da fidalga está perto daqui? Conta, que eu não digo nada, rapariga!...

— Outra vez, outra vez; obrigada, Joaquininha.

Mariana, durante a veloz caminhada, foi repetindo o recado da fidalga e, se alguma vez se distraía deste exercício de memória, era para pensar nas feições da amada do seu hóspede, e dizer, como em segredo, ao seu coração: "Não lhe bastava ser fidalga e rica: é, além de tudo, linda como nunca vi outra!" E o coração da pobre moça avergando ao que a consciência lhe ia dizendo, chorava.

Simão, de uma fresta do postigo do seu quarto, espreitava ao longo do caminho ou escutava a estropeada da cavalgadura.

Ao descobrir Mariana, desceu ao quinteiro desprezando cautelas e esquecido já do ferimento cuja crise de perigo piorara naquele dia, que era o oitavo depois do tiro.

A filha do ferrador deu o recado, e sem alteração de palavra. Simão escutara-a placidamente até o ponto em que lhe disse que o primo Baltasar a acompanhava ao Porto.

— O primo Baltasar!... — murmurou ele com um sorriso sinistro. — *Sempre este primo Baltasar cavando a sua sepultura e a minha!...*[17]

— A sua, fidalgo! — exclamou João da Cruz. — Morra ele, que o levem trinta milhões de diabos! Mas vossa senhoria há de viver enquanto eu for João. Deixe-a ir para o Porto, que não tem perigo

---

[17] *Sempre este primo Baltasar cavando a sua sepultura e a minha!...*: Esta frase define bem o senso de fatalidade do romantismo, de que toda a novela enfim é belo exemplo. (N. do E.)

no convento. De hora a hora Deus melhora. O senhor doutor vai para Coimbra, está por lá algum tempo, e, às duas por três, quando o velho mal se precatar, a fidalguinha engrampa-o, e é sua tão certo como esta luz que nos alumia.

— Eu hei de vê-la antes de partir para Coimbra — disse Simão.

— Olhe que ela recomendou-lhe muito que não fosse lá — acudiu Mariana.

— Por causa do primo? — tornou o acadêmico ironicamente.

— Acho que sim, e por talvez não servir de nada lá ir vossa senhoria — respondeu timidamente a moça.

— Lá, se quer — bradou mestre João — a mulher, vai-se-lhe tirar ao caminho. Não tem mais que dizer.

— Meu pai, não meta este senhor em maiores trabalhos! — disse Mariana.

— Não tem dúvida, menina — atalhou Simão —, eu é que não quero ninguém em trabalhos. Com a minha desgraça, por maior que ela seja, hei de eu lutar sozinho.

João da Cruz, assumindo uma gravidade de que a sua figura raras vezes se enobrecia, disse:

— Senhor Simão, vossa senhoria não sabe nada do mundo. Não meta sozinho a cabeça aos trabalhos, que eles, como o outro que diz, quando pegam de ensarilhar um homem, não lhe deixam tomar fôlego. Eu sou um rústico; mas, a bem dizer, estou naquela daquele que dizia que o mal dos seus burrinhos o fizera alveitar. Paixões... que as leve o diabo, e mais quem com elas engorda. Por causa de uma mulher, ainda que ela seja filha do rei, não se há de um homem botar a perder. Mulheres há tantas como a praga, e são como as rãs do charco, que mergulha uma, e aparecem quatro à tona da água. Um homem rico e fidalgo como vossa senhoria onde quer topa uma com um palmo de cara como se quer e um dote de encher o olho. Deixe-a ir com Deus ou com a breca, que ela, se tiver de ser sua, à mão lhe há de vir dar, tanto faz andar para trás como para diante: é ditado dos antigos. Olhe que isto não é medo, fidalgo. Tome sentido, que João da Cruz sabe o que é pôr dois homens de uma feita a olhar o sete-estrelo, mas não sabe o que é medo. Se o senhor quer sair à estrada e tirar a tal pessoa ao pai, ao primo, e a um regimento, se for necessário, eu vou montar na égua, e daqui a três horas estou de volta com quatro homens, que são quatro dragões.

Simão fitara os olhos chamejantes nos do ferrador, e Mariana exclamara, ajuntando as mãos sobre o seio:

— Meu pai, não lhe dê esses conselhos!...

— Cala-te aí, rapariga! — disse mestre João. — Vai tirar o albardão à égua, amanta-a, e bota-lhe seco. Não és aqui chamada.

— Não vá aflita, senhora Mariana — disse Simão à moça, que se retirava, amargurada. —Eu não aproveito alguns dos conselhos de seu pai. Ouço-o com boa vontade, porque sei que quer o meu bem; mas hei de fazer o que a honra e o coração me aconselharem.

Ao anoitecer, Simão, como se estivesse sozinho, escreveu uma longa carta, da qual extratamos os seguintes períodos:

"Considero-te perdida, Teresa. O sol de amanhã pode ser que eu o não veja. Tudo, em volta de mim, tem uma cor de morte. Parece que o frio da minha sepultura me está passando o sangue e os ossos.

Não posso ser o que tu querias que eu fosse. A minha paixão não se conforma com a desgraça. Eras a minha vida: tinha a certeza de que as contrariedades me não privavam de ti. Só o receio de perder-te me mata. O que me resta do passado é a coragem de ir buscar uma morte digna de mim e de ti. Se tens força para uma agonia lenta, eu não posso com ela.

Poderia viver com a paixão infeliz; mas este rancor sem vingança é um inferno. Não hei de dar barata a vida, não. Ficarás sem mim, Teresa; mas não haverá aí um infame que te persiga depois da minha morte. Tenho ciúmes de todas as tuas horas. Hás de pensar com muita saudade no teu esposo do céu, e nunca tirarás de mim os olhos da tua alma para veres ao pé de ti o miserável que nos matou a realidade de tantas esperanças formosas.

Tu verás esta carta quando eu já estiver num outro mundo, esperando as orações das tuas lágrimas. As orações! Admiro-me desta faísca de fé que me alumia nas minhas trevas!... Tu deras-me com o amor a religião, Teresa. Ainda creio; não se apaga a luz que é tua; mas a providência divina desamparou-me.

Lembra-te de mim. Vive, para explicares ao mundo, com a tua lealdade a uma sombra, a razão por que me atraíste a um abismo.

Escutarás com glória a voz do mundo, dizendo que eras digna de mim.

A hora em que leres esta carta..."

Não o deixaram continuar as lágrimas, nem depois a presença de Mariana. Vinha ela pôr a mesa para a ceia, e, quando desdobrava a toalha, disse em voz abafada, como se a si mesma somente o dissesse:

— É a última vez que ponho a mesa ao senhor Simão em minha casa!

— Por que diz isso, Mariana?

— Porque mo diz o coração.

Desta vez, o acadêmico ponderou supersticiosamente os ditames do coração da moça, e com o silêncio meditativo deu-lhe a ela a evidência antecipada do vaticínio.

Quando voltou com a travessa da galinha, vinha chorando a filha de João da Cruz.

— Chora com pena de mim, Mariana? — disse Simão, enternecido.

— Choro, porque me parece que o não tornarei a ver; ou, se o vir, será de modo que oxalá que eu morresse antes de o ver.

— Não será, talvez, assim, minha amiga...

— Vossa senhoria não me faz uma coisa que eu lhe peço?

— Veremos o que pede, menina.

— Não saia esta noite nem amanhã.

— Pede o impossível, Mariana. Hei de sair, porque me mataria, se não saísse.

— Então perdoe a minha ousadia. Deus o tenha da sua mão.

A rapariga foi contar ao pai as intenções do acadêmico. Acudiu logo mestre João combatendo a ideia da saída, com encarecer os perigos do ferimento. Depois, como não conseguisse dissuadi-lo, resolveu acompanhá-lo. Simão agradeceu a companhia, mas rejeitou-a com decisão. O ferrador não cedia do propósito, e estava já preparando a clavina, e arraçoando com medida dobrada a égua para o que desse e viesse — dizia ele —, quando o estudante lhe disse que, melhor avisado, resolvera não ir a Viseu, e seguir Teresa ao Porto, passados os dias da convalescença. Facilmente o acreditou João da Cruz; mas Mariana, submissa sempre ao que o seu coração lhe bacorejava, duvidou da mudança, e disse ao pai que vigiasse o fidalgo.

Às onze horas da noite, ergueu-se o acadêmico e escutou o movimento interior da casa: não ouviu o mais ligeiro ruído, a não ser o rangido da égua na manjedoura. *Escorvou*[18] de pólvora nova as

---

[18] *Escorvar:* Preparar a escorva, isto é, uma porção de pólvora. (N. do E.)

duas pistolas. Escreveu um bilhete sobrescritado a João da Cruz, e ajuntou-o à carta que escrevera a Teresa. Abriu as portadas da janela do seu quarto, e passou dali para a varanda de pau, da qual o salto à estrada era sem risco. Saltou, e tinha dado alguns passos, quando a fresta lateral à porta da varanda se abriu, e a voz de Mariana lhe disse:

— Então adeus, senhor Simão. Eu fico pedindo a Nossa Senhora que vá na sua companhia.

O acadêmico parou, e ouviu a voz íntima que lhe dizia: — "O teu anjo da guarda fala pela boca daquela mulher, que não tem mais inteligência que a do coração, alumiado pelo seu amor".

— Dê um abraço em seu pai, Mariana — disse-lhe Simão —, e adeus... até logo, ou...

— Até ao juízo final... — atalhou ela.

— O destino há de cumprir-se... Seja o que o Céu quiser.

Tinha Simão desaparecido nas trevas, quando Mariana acendeu a lâmpada do santuário, e ajoelhou orando com o fervor das lágrimas.

Era uma hora, e estava Simão defronte do convento, contemplando uma a uma as janelas. Em nenhuma vira clarão de luz; luz só a do lampadário do Sacramento se coava baça e pálida na vidraça duma fresta do templo. Sentou-se nas escaleiras da igreja, e ouviu ali, imóvel, as quatro horas. Das mil visões que lhe relancearam no atribulado espírito, a que mais a miúdo se repetia era a de Mariana suplicante, com as mãos postas; mas, ao mesmo tempo, cria ele ouvir os gemidos de Teresa, torturada pela saudade, pedindo ao céu que a salvasse das mãos de seus algozes. O vulto de Tadeu de Albuquerque, arrastando a filha a um convento, não lhe afogueava a sede da vingança; mas cada vez que lhe acudia à mente a imagem odiosa de Baltasar Coutinho, instintivamente as mãos do acadêmico se asseguravam da posse das pistolas.

Às quatro horas e um quarto, acordou a natureza toda em hinos e aclamações ao radiar da alva. Os passarinhos trinavam na cerca do mosteiro melodias interrompidas pelo toque solene das ave-marias na torre. O horizonte passara de escarlate a alvacento. A púrpura da aurora, como lavareda enorme, desfizera-se em partículas de luz, que ondeavam no declive das montanhas, e se distendiam nas planícies e nas várzeas, como se o anjo do Senhor, à voz de Deus, viesse desenrolando aos olhos da criatura as maravilhas do repontar dum dia estivo.

E nenhuma destas galas do céu e da terra enlevava os olhos do moço poeta!

Às quatro horas e meia, ouviu Simão o tinido de liteiras, dirigindo-se àquele ponto. Mudou de local, tomando por uma rua estreita, fronteira ao convento.

Pararam as liteiras vazias na portaria, e logo depois chegaram três senhoras vestidas de jornada, que deviam ser as irmãs de Baltasar, acompanhadas de dois mochilas com as mulas à rédea. As damas foram sentar-se nos bancos de pedra, laterais à portaria. Em seguida abriu-se a grossa porta, rangendo nos gonzos, e as três senhoras entraram.

Momentos depois, viu Simão chegar à portaria Tadeu de Albuquerque, encostado ao braço de Baltasar Coutinho. O velho denotava quebranto e desfalecimento. O de Castro Daire, bem composto de figura e caprichosamente vestido à castelhana, gesticulava com o aprumo de quem dá as suas irrefutáveis razões, e consola tomando a riso a dor alheia.

— Nada de lamúrias, meu tio! — dizia ele. — Desgraça seria vê-la casada! Eu prometo-lhe antes de um ano restituir-lha curada. Um ano de convento é um ótimo vomitório do coração. Não há nada como isso para limpar o sarro do vício em corações de meninas criadas à discrição. Se meu tio a obrigasse, desde menina, a uma obediência cega, tê-la-ia agora submissa, e ela não se julgaria autorizada a escolher marido.

— Era uma filha única, Baltasar! — dizia o velho, soluçando.

— Pois por isso mesmo — replicou o sobrinho. — Se tivesse outra, ser-lhe-ia menos sensível a perda, e menos funesta a desobediência. Faria a sua casa na filha mais querida, embora tivesse de impetrar uma licença régia para deserdar a primogênita. Assim, agora não vejo outro remédio senão empregar o cautério à chaga; com emplastros é que não se faz nada.

Abriu-se novamente a portaria, e saíram as três senhoras, e após elas Teresa.

Tadeu enxugou as lágrimas, e deu alguns passos a saudar a filha, que não ergueu do chão os olhos.

— Teresa... — disse o velho.

— Aqui estou eu, senhor — respondeu a filha, sem o encarar.

— Ainda é tempo — tornou Albuquerque.

— Tempo de quê?

— Tempo de seres boa filha.

— Não me acusa a consciência de o não ser.

— Ainda mais?!... Queres ir para tua casa, e esquecer o maldito que nos faz a todos desgraçados?

— Não, meu pai. O meu destino é o convento. Esquecê-lo nem por morte. Serei filha desobediente, mas mentirosa é que nunca.

Teresa, circunvagando os olhos, viu Baltasar, e estremeceu, exclamando:

— Nem aqui!

— Fala comigo, prima Teresa — disse Baltasar, risonho.

— Consigo falo! Nem aqui me deixa a sua odiosa presença?

— Sou um dos criados que minha prima leva em sua companhia. Dois tinha eu há dias, dignos de acompanharem a minha prima; mas esses houve aí um assassino que mos matou. À falta deles, sou eu quem me ofereço.

— Dispenso-o da delicadeza — atalhou Teresa, com veemência.

— Eu é que me não dispenso de a servir à falta dos meus dois fiéis criados, que um celerado me matou.

— Assim devia ser — tornou ela também irônica — porque os covardes escondem-se nas costas dos criados que se deixam matar.

— Ainda se não fizeram as contas finais... minha querida prima — redarguiu o morgado.

Este diálogo correu rapidamente, enquanto Tadeu de Albuquerque cortejava a prioresa e outras religiosas. As quatro senhoras, seguidas de Baltasar, tinham saído do átrio do convento, e deram de rosto em Simão Botelho, encostado à esquina da rua fronteira.

Teresa viu-o... adivinhou-o, primeira de todas, e exclamou:

— Simão!

O filho do corregedor não se moveu.

Baltasar, espavorido do encontro, fitando os olhos nele, duvidava ainda.

— É crível que este infame aqui viesse! — exclamou o de Castro Daire.

Simão deu alguns passos, e disse placidamente:

— *Infame*... eu! e por quê?

— Infame, e infame assassino! — replicou Baltasar. — Já fora da minha presença!

— É parvo este homem! — disse o acadêmico. — Eu não discuto com vossa senhoria... Minha senhora — disse ele a Teresa, com a voz comovida e o semblante alterado unicamente pelos afetos do coração. — Sofra com resignação, da qual eu lhe estou dando um exemplo. Leve a sua cruz, sem amaldiçoar a violência, e bem pode ser que a meio do seu calvário a misericórdia divina lhe redobre as forças.

— Que diz este patife?! — exclamou Tadeu.

— Vem aqui insultá-lo, meu tio! — respondeu Baltasar. — Tem a petulância de se apresentar a sua filha a confortá-la, na sua malvadez! Isto é demais! Olhe que eu esmago-o aqui, *seu* vilão.

— Vilão é o desgraçado que me ameaça, sem ousar avançar para mim um passo — redarguiu o filho do corregedor.

— Eu não o tenho feito — exclamou, enfurecido, Baltasar — por entender que me avilto, castigando-o na presença de criados de meu tio, que tu podes supor meus defensores, canalha!

— Se assim é — tornou Simão sorrindo — espero nunca me encontrar de rosto com sua senhoria. Reputo-o tão covarde, tão sem dignidade, que o hei de mandar azorragar pelo primeiro mariola das esquinas.

Baltasar Coutinho lançou-se de ímpeto a Simão. Chegou-lhe a apertar a garganta nas mãos; mas depressa perdeu o vigor dos dedos. Quando as damas chegaram a interpor-se entre os dois, Baltasar tinha o alto do crânio aberto por uma bala que lhe entrara na fronte. Vacilou um segundo e caiu desamparado aos pés de Teresa.

Tadeu de Albuquerque gritava a altos brados. Os liteireiros e criados rodearam Simão, que conservava o dedo no gatilho da outra pistola. Animados uns pelos outros e pelos brados do velho, iam lançar-se ao homicida, com risco da própria vida, quando um homem, com um lenço pela cara, correu da rua fronteira, e se colocou de bacamarte aperrado à beira de Simão. Estacaram os homens.

— Fuja que a égua está ao cabo da rua — disse o ferrador ao hóspede.

— Não fujo... Salve-se e depressa — respondeu Simão.

— Fuja, que se ajunta *o povo* e não tardam aí soldados.

— Já lhe disse que não fujo — replicou o amante de Teresa, com os olhos postos nela, que caíra desfalecida sobre as escadas da igreja.

— Está perdido! — tornou João da Cruz.

— Já o estava. Vá-se embora, meu amigo, por sua filha lho rogo. Olhe que pode ser-me útil; fuja...

Abriram-se todas as portas e janelas, quando o ferrador se lançou na fuga até cavalgar a égua.

Um dos vizinhos do mosteiro, que, em razão de seu ofício, primeiro saiu à rua, era o meirinho-geral.

— Prendam-no, prendam-no, que é um matador — exclamava Tadeu de Albuquerque.

— Qual? — perguntou o meirinho-geral.

— Sou eu — respondeu o filho do corregedor.

— Vossa senhoria! — disse o meirinho, espantado; e, aproximando-se, acrescentou a meia voz: — Venha, que eu deixo-o fugir.

— Eu não fujo — tornou Simão. — Estou preso. Aqui tem as minhas armas.

E entregou as armas.

Tadeu de Albuquerque, quando se recobrou do espasmo, fez transportar a filha a uma das liteiras, e ordenou a dois criados que a acompanhassem ao Porto.

As irmãs de Baltasar seguiram o cadáver de seu irmão para casa do tio.

❖

CAPÍTULO XI

O corregedor acordara com o grande reboliço que ia na casa, e perguntou à esposa, que ele supunha também desperta na câmara imediata, que bulha era aquela. Como ninguém lhe respondesse, sacudiu freneticamente a campainha, e berrou ao mesmo tempo, aterrado pela hipótese de incêndio em casa. Quando D. Rita acudiu, já ele estava enfiando os calções às avessas.

— Que estrondo é este? Quem é que grita? — exclamou Domingos Botelho.

— Quem grita mais é o senhor — respondeu D. Rita.

— Sou eu?! Mas quem é que chora?

— São as suas filhas.

— E por quê? Diga numa palavra.

— Pois sim, direi: o Simão matou um homem.

— Em Coimbra?... E fazem tanta bulha por isso!

— Não foi em Coimbra, foi em Viseu — tornou D. Rita.

— A senhora manga comigo?! Pois o rapaz está em Coimbra, e mata em Viseu! Aí está um caso para que as *Ordenações do reino* não providenciaram.

— Parece que brinca, Meneses! Seu filho matou na madrugada de hoje Baltasar Coutinho, sobrinho de Tadeu de Albuquerque.

Domingos Botelho mudou inteiramente de aspecto.

— Foi preso? — perguntou o corregedor.

— Está em casa do juiz de fora.

— Mande-me chamar o meirinho-geral. Sabe como foi e por que foi essa morte?... Mande-me chamar o meirinho, sem demora.

— Por que se não veste o senhor, e vai à casa do juiz?

— Que vou eu fazer à casa do juiz?

— Saber de seu filho como isto foi.

— Eu não sou pai; sou corregedor. Não me incumbe a mim interrogá-lo, Senhora D. Rita; eu não quero ouvir choradeiras; diga às meninas que se calem, ou que vão chorar no quintal.

O meirinho, chamado, relatou miudamente o que sabia, e disse ter-se verificado que o amor à filha do Albuquerque fora causa daquele desastre.

Domingos Botelho, ouvida a história, disse ao meirinho:

— O juiz de fora que cumpra as leis; se ele não for rigoroso, eu o obrigarei a sê-lo.

Ausente o meirinho, disse D. Rita Preciosa ao marido:

— Que significa esse modo de falar de seu filho?

— Significa que sou corregedor desta comarca, e que não protejo assassinos por ciúmes da filha dum homem que eu detesto. Eu antes queria ver mil vezes morto Simão que ligado a essa família. Escrevi-lhe muitas vezes dizendo-lhe que o expulsava de minha casa, se alguém me desse a certeza de que ele tinha correspondência com tal mulher. Não há de querer a senhora que eu vá sacrificar a minha integridade a um filho rebelde, e de mais a mais homicida.

D. Rita, algum tanto por afeto maternal e bastante por espírito de contradição, contendeu largo espaço; mas desistiu, obrigada pela insólita pertinácia e cólera do marido. Tão iracundo e áspero em palavras nunca o ela vira. Quando lhe ele disse: — "Senhora, em coisas de pouca monta o seu domínio era tolerável; em questões de honra, o seu domínio acabou: deixe-me!" — D. Rita, quando tal ouviu, e reparou na fisionomia de Domingos Botelho, sentiu-se mulher, e retirou-se.

A ponto foi isto de entrar o juiz de fora na sala de espera. O corregedor foi recebê-lo, não com o semblante afetuoso de quem vai agradecer a delicadeza e implorar indulgência, senão que, de carrancudo que ia, mais parecera ir ele repreender o juiz, por vir naquela visita dar a crer que a balança da justiça na sua mão tremia algumas vezes.

— Começo por dar a vossa senhoria os pêsames da desgraça de seu filho — disse o juiz de fora.

— Obrigado a vossa senhoria. Sei tudo. Está instaurado o processo?

— Não podia deixar eu de aceitar a querela.

— Se a não aceitasse, obrigá-lo-ia eu ao cumprimento dos seus deveres.

— A situação do Senhor Simão Botelho é péssima. Confessa tudo. Diz que matou o algoz da mulher que ele amava...

— Fez muito bem — interrompeu o corregedor, soltando uma casquinada seca e rouca.

— Perguntei-lhe se foi em defesa, e fiz-lhe sinal que respondesse afirmativamente. Respondeu que não; que, a defender-se, o faria com a ponta da bota, e não com um tiro. Busquei todos os modos honestos de o levar a dar algumas respostas que denotassem alucinação ou demência; ele, porém, responde e replica com tanta igualdade e presença de espírito, que é impossível supor que o assassínio não foi perpetrado muito intencionalmente e de claro juízo. Aqui tem vossa senhoria uma especialíssima e triste posição. Queria valer-lhe, e não posso.

— E eu não posso nem quero, senhor doutor juiz de fora. Está na cadeia?

— Ainda não: está em minha casa. Venho saber se vossa senhoria determina que lhe seja preparada com decência a prisão.

— Eu não determino nada. Faça de conta que o preso Simão não tem aqui parente algum.

— Mas, senhor doutor corregedor — disse o juiz de fora com tristeza e compunção —, vossa senhoria é pai.

— Sou um magistrado.

— É demasiada a severidade — perdoe-me a reflexão, que é amiga. — Lá está a lei para o castigar; não o castigue vossa senhoria com o seu ódio. A desgraça quebranta o rancor de estranhos, quanto mais o afetuoso ressentimento de um pai!

— Eu não odeio, senhor doutor; desconheço esse homem de quem me fala. Cumpra os seus deveres, que lhe ordena o corregedor, e o amigo mais tarde lhe agradecerá a delicadeza.

Saiu o juiz de fora, e foi encontrar Simão na mesma serenidade em que o deixara.

— Venho de falar com seu pai — disse o juiz —; encontrei-o mais irado do que era natural calcular. Penso que por enquanto nada pode esperar da influência ou patrocínio dele.

— Isso que importa? — respondeu sossegadamente Simão.

— Importa muito, senhor Botelho. Se seu pai quisesse, haveria meios de mais tarde lhe adoçar a sentença.

— Que me importa a mim a sentença? — replicou o filho do corregedor.

— Pelo que vejo, não lhe importa ao senhor ir a uma forca?

— Não, senhor.

— Que diz, senhor Simão! — redarguiu espantado o interrogador.

— Digo que o meu coração é indiferente ao destino da minha cabeça.

— E sabe que seu pai não lhe dá mesmo proteção, a proteção das primeiras necessidades na cadeia?

— Não sabia; que tem isso? Que importa morrer de fome, ou morrer no patíbulo?

— Por que não escreve à sua mãe? Peça-lhe que...

— Que hei de eu pedir a minha mãe? — atalhou Simão.

— Peça-lhe que amacie a cólera de seu pai, senão o senhor Botelho não tem quem o alimente.

— Vossa senhoria está-me julgando um miserável, a quem dá cuidado saber onde há de almoçar hoje. Penso que não incumbem ao senhor juiz de fora essas miudezas de estômago.

— Decerto não — redarguiu, irritado, o juiz. — Faça o que quiser.

E, chamando o meirinho-geral, entregou-lhe o réu, dispensando o aguazil de pedir força para acompanhá-lo.

O carcereiro recebeu respeitosamente o preso, e alojou-o num dos quartos melhores do cárcere; mas nu e desprovido do mínimo conforto.

Um outro preso emprestou-lhe uma cadeira de pau. Simão sentou-se, cruzou os braços e meditou.

Pouco depois, um criado de seu pai conduziu-lhe o almoço, dizendo-lhe que sua mãe lho mandava às ocultas, e entregando-lhe uma carta dela, cujo conteúdo importa saber. Simão, antes de tocar no almoço, cujo caba estava no pavimento, leu o seguinte:

> "*Desgraçado, que estás perdido!*
>
> *Eu não te posso valer, porque teu pai está inexorável. Às escondidas dele é que te mando o almoço, e não sei se poderei mandar-te o jantar!*
>
> *Que destino o teu! Oxalá que tivesses morrido ao nascer!*
>
> *Morto me disseram que tinhas nascido; mas o teu fatal destino não quis largar a vítima*[19].

---

[19] Esclarece este dizer de D. Rita a certidão de idade de Simão, a qual tenho presente, e é extraída por Herculano Henrique Garcia Camilo Galhardo, reitor da real igreja da Senhora da Ajuda, do livro 14, a folhas 159 v. Reza assim:

"Aos dois dias do mês de maio de 1784, pôs os santos óleos o reverendo padre-cura João Domingues Chaves a Simão, o qual foi batizado em casa em perigo de vida pelo reverendo frei Antônio de S. Pelágio, etc." (N. do A.)

Para que saíste de Coimbra? A que vieste, infeliz? Agora sei que tens vivido fora de Coimbra há quinze dias, e nunca tiveste uma palavra que dissesses a tua mãe...”

Simão suspendeu a leitura, e disse entre si:

— Como se entende isto?! Pois minha mãe não mandou chamar o João da Cruz?! E não foi ela quem me mandou o dinheiro?

— Olhe que o almoço arrefece, menino! — disse o criado. Simão continuou a ler, sem ouvir o criado:

“*Deves estar sem dinheiro, e eu desgraçadamente não posso hoje enviar-te um pinto. Teu irmão Manuel, desde que fugiu para Espanha, absorve-me todas as economias. Veremos, passado algum tempo, o que posso fazer; mas receio bem que teu pai saia de Viseu, e nos leve para Vila Real, para abandonar de todo o teu julgamento à severidade das leis.*

Meu pobre Simão! Onde estarias tu escondido quinze dias?! Hoje mesmo é que teu pai teve carta dum lente, participando-lhe a tua falta nas aulas, e saída para o Porto, segundo dizia o arrieiro que te acompanhou.

Não posso mais. Teu pai já espancou a Ritinha, por ela querer ir à cadeia.

Conta com o pouco valor da tua pobre mãe ao pé de um homem enfurecido como está teu pai”.

Simão Botelho refletiu alguns minutos, e convenceu-se de que o dinheiro recebido era de João da Cruz. Quando saiu com o espírito desta meditação, tinha os olhos marejados de lágrimas.

— Não chore, menino — disse o criado —, os trabalhos são para os homens, e Deus há de fazer tudo pelo melhor. Almoce, senhor Simão.

— Leva o almoço — disse ele.

— Pois não quer almoçar?!

— Não. Nem voltes aqui. Eu não tenho família. Não quero absolutamente nada da casa de meus pais. Dize a minha mãe que eu estou sossegado, bem alojado, e feliz, e orgulhoso da minha sorte. Vai-te embora já.

O criado saiu, e disse ao carcereiro que o seu infeliz amo estava doido. D. Rita achou provável a suspeita do servo, e viu a evidência da loucura nas palavras do filho.

Quando o carcereiro voltou ao quarto de Simão, entrou acompanhado de uma rapariga camponesa: era Mariana. A filha de João da Cruz, que até àquele momento não apertava sequer a mão do hóspede, correu a ele com os braços abertos e o rosto banhado de lágrimas. O carcereiro retirou-se, dizendo consigo: — Esta é bem mais bonita que a fidalga!

— Não quero ver lágrimas, Mariana — disse Simão. — Aqui, se alguém deve chorar, sou eu; mas lágrimas dignas de mim, lágrimas de gratidão aos favores que tenho recebido de si e de seu pai. Acabo de saber que minha mãe nunca me mandou dinheiro algum. Era de seu pai aquele dinheiro que recebi.

Mariana escondeu o rosto no avental com que enxugava o pranto.

— Seu pai teve algum perigo? — tornou Simão em voz só perceptível dela.

— Não, senhor.

— Está em casa?

— Está, e parece furioso. Queria vir aqui, mas eu não o deixei.

— Perseguiu-o alguém?

— Não, senhor.

— Diga-lhe que não se assuste, e vá depressa sossegá-lo.

— Eu não posso ir sem fazer o que ele me disse. Eu vou sair e volto daqui a pouco.

— Mande-me comprar uma banca, uma cadeira e um tinteiro e papel — disse Simão, dando-lhe dinheiro.

— Há de vir logo tudo; já cá podia estar; mas o pai disse-me que não comprasse nada sem saber se sua família lhe mandava o necessário.

— Eu não tenho família, Mariana. Tome o dinheiro.

— Não recebo dinheiro sem licença de meu pai. Para essas compras trouxe eu demais. E a sua ferida como estará?

— Ainda agora me lembro que tenho uma ferida! — disse Simão, sorrindo. — Deve estar boa, que não me dói... Soube alguma coisa de D. Teresa?

— Soube que foi para o Porto. Estavam ali a contar que o pai a mandara meter sem sentidos na liteira, e está muito povo à porta do fidalgo.

— Está bom, Mariana... Não há desgraçado sem amparo. Vá, pense no seu hóspede, seja o seu anjo de misericórdia.

Saltaram de novo as lágrimas dos olhos da moça; e, por entre soluços, estas palavras:

— Tenha paciência. Não há de morrer ao desamparo. Faça de conta que lhe apareceu hoje uma irmã.

E, dizendo, tirou das amplas algibeiras um embrulho de biscoitos e uma garrafa de licor de canela, que depôs sobre a cadeira.

— Mau almoço é; mas não achei outra coisa pronta — disse ela, e saiu apressada, como para poupar ao infeliz palavras de gratidão.

❖

CAPÍTULO XII

O corregedor, nesse mesmo dia, ordenou que se preparassem mulher e filhas para o dia imediato saírem de Viseu com tudo que pudesse ser transportado em cavalgaduras.

Vou descrever a singela e dorida reminiscência duma senhora daquela família, como a tenho em carta recebida há meses:

"Já lá vão cinquenta e sete anos, e ainda me lembro, como se fossem ontem passados, os tristes acontecimentos da minha mocidade. Não sei como é que tenho hoje mais clara a memória das coisas da infância. Parece-me que há trinta anos me não lembravam com tantas circunstâncias e pormenores.

Quando a mãe disse a mim e a minhas irmãs que preparássemos os nossos baús, rompemos todas num choro que irritou a ira do pai. As manas, como mais velhas ou mais aleitas ao castigo, calaram-se logo. Eu, porém, que só uma vez, e unicamente por causa de Simão, tinha sido castigada, continuei a chorar, e tive o inocente valor de pedir ao pai que me deixasse ir ver o mano à cadeia antes de sairmos de Viseu.

Então fui castigada pela segunda vez, e asperamente.

O criado que levou o jantar à cadeia voltou com ele e contou-me que Simão já tinha alguns móveis no seu quarto, e estava jantando com exterior sossegado. Àquela hora todos os sinos de Viseu estavam dobrando a finados por alma de Baltasar.

Ao pé dele disse o criado que estava uma formosa rapariga de aldeia, triste e coberta de lágrimas. Apontando-a ao criado que a observava, disse Simão: — A minha família é esta.

No dia seguinte, ao romper da manhã, partimos para Vila Real. A mãe chorava sempre; o pai, encolerizado por isso, saiu da liteira em que vinha com ela, fez que eu passasse para o seu lugar, e fez toda a jornada na minha cavalgadura.

Logo que chegamos a Vila Real, eram tão frequentes as desordens em casa, à conta do Simão, que meu pai abandonou a família, e foi sozinho para a quinta de Montezelos. A mãe quis também abandonar-nos e ir para os primos de Lisboa, a fim de solicitar o livramento do mano. Mas o pai, que fizera uma espantosa mudança de gênio, quando tal soube, ameaçou minha mãe de a obrigar judicialmente a não sair da casa de seu marido e filhas.

Escrevia a mãe a Simão, e não recebia resposta. Pensava ela que o filho não respondia: anos depois, vimos entre os papéis de meu pai todas as cartas que ela escrevera. Já se vê que o pai as fazia tirar no correio.

Uma senhora de Viseu escreveu à mãe, louvando-a pelo amor e caridade com que ela acudia às necessidades de seu infeliz filho. Esta carta foi-lhe entregue por um almocreve; quando não, teria o destino das outras. Espantou-se minha mãe do conceito em que a tinha a sua amiga, e confessou-lhe que não o tinha socorrido, porque o filho rejeitava o pouco que ela quisera fazer em seu bem. A isto respondeu a senhora de Viseu que uma rapariga, filha dum ferrador, estava nas vizinhanças da cadeia, e cuidava do preso com abundância e limpeza, e a todos dizia que ali estava por ordem e à custa da senhora D. Rita Preciosa. Acrescentava a amiga de minha mãe que algumas vezes mandara chamar a bela moça e lhe quisera dar alguns cozinhados mais esquisitos para Simão, os quais ela rejeitava, dizendo que o senhor Simão não aceitava nada.

De tempos a tempos recebíamos estas novas, sempre tristes, porque, na ausência de meu pai, conspiraram, como era de esperar, quase todas as pessoas distintas de Viseu contra o meu desgraçado irmão.

A mãe escrevia aos seus parentes da capital implorando graça régia para o filho; mas aquelas cartas não saíam do correio, e iam dar todas à mão de meu pai.

E que fazia este, entretanto, na quinta, sem família, sem glória, nem recompensa alguma a tantas faltas? Rodeado de jornaleiros, cultivava aquele grande montado, onde, ainda hoje, por entre os tojos e urzes, que voltaram com o abandono, se podem ver relíquias de cepas plantadas por ele. A mãe escrevia-lhe lastimando o filho; meu pai apenas respondia que a justiça não era uma brincadeira, e que na antiguidade os próprios pais condenavam os filhos criminosos.

Teve a minha mãe a afoiteza de se lhe apresentar um dia, pedindo licença para ir a Viseu. Meu inexorável pai negou-lha, e invectivou-a furiosamente.

Passados sete meses, soubemos que Simão tinha sido condenado a morrer na forca, levantada no local onde fizera a morte. Fecharam-se as janelas por oito dias; vestimos de luto, e minha mãe caiu doente.

Quando isso se soube em Vila Real, todas as pessoas ilustres da terra foram a Montezelos, a fim de obrigarem brandamente o pai a empregar o seu valimento na salvação do filho condenado. De Lisboa vieram alguns parentes protestar contra a infâmia, que tamanha ignomínia faria recair sobre a família. Meu pai a todos respondia com estas palavras: — A forca não foi inventada somente para os que não sabem o nome do seu avô. A ignomínia das famílias são as más ações. A justiça não infama senão aquele que castiga.

Tínhamos nós um tio-avô, muito velho e venerando, chamado Antônio da Veiga. Foi este quem fez o milagre, e foi assim: Apresentou-se a meu pai e disse-lhe: — Guardou-me Deus a vida até aos oitenta e três anos. Poderei viver mais dois ou três? Isto nem já é vida: mas foi-o, e honrada, e sem mancha até agora, e já agora há de assim acabar; meus olhos não hão de ver a desonra de sua família. Domingos Botelho, ou tu prometes aqui de salvar teu filho da forca, ou eu na tua presença me mato. — E, dizendo isto, apontava ao pescoço uma navalha de barba. Meu pai teve-lhe mão do braço, e disse-lhe que Simão não seria enforcado.

No dia seguinte, foi meu pai para o Porto, onde tinha muitos amigos na Relação, e de lá para Lisboa[20]*.*

---

[20] Nalguns papéis que possuímos do corregedor de Viseu achamos esta carta: "Meu amigo, colega e senhor. Entregará ao portador desta, que é o senhor padre Manuel de Oliveira, as cinquenta moedas em que lhe falei na sua passagem para Lisboa. A apelação de seu filho está a meu cuidado, e está segura, apesar das grandes forças contrárias. Seu amigo — O desembargador Antônio José Dias Moureo Mosqueira — Porto, 11 de fevereiro de 1805. Sobrescrito: Ilm^{o} SF. Domingos José Correia Botelho de Mesquita e Meneses — Lisboa". (N. do A.)

Em princípio de março de 1805, soube minha mãe, com grande prazer, que Simão fora removido para as cadeias da Relação do Porto, vencendo os grandes obstáculos que opuseram a essa mudança os queixosos que eram Tadeu de Albuquerque e as irmãs do morto.

Depois..."

Suspendemos aqui o extrato da carta para não anteciparmos a narrativa de sucessos, que importa, em respeito à arte, atar no fio cortado.

Simão Botelho vira imperturbável chegar o dia do julgamento. Sentou-se no banco dos homicidas sem patrono nem testemunhas de defesa. As perguntas respondeu com o mesmo ânimo frio daquelas respostas ao interrogatório do juiz. Obrigado a explicar a causa do crime, deu-a com toda a lealdade, sem articular o nome de Teresa Clementina de Albuquerque. Quando o advogado da acusação proferiu aquele nome, Simão Botelho ergueu-se de golpe, e exclamou:

— Que vem aqui fazer o nome de uma senhora a este antro de infâmia e sangue? Que miserável acusador está aí que não sabe, com a confissão do réu, provar a necessidade do carrasco sem enlamear a reputação duma mulher? A minha acusação está feita: eu a fiz. Agora a lei que fale, e cale-se o vilão que não sabe acusar sem infamar.

O juiz impôs-lhe silêncio. Simão sentou-se, murmurando:

— Miseráveis todos!

Ouviu o réu a sentença de morte natural para sempre na forca, arvorada no local do delito. E ao mesmo tempo saíram dentre a multidão uns gritos dilacerantes. Simão voltou a face para as turbas, e disse:

— Ides ter um belo espetáculo, senhores! A forca é a única festa do povo! Levai daí essa pobre mulher que chora: essa é a criatura única para quem o meu suplício não será um passatempo.

Mariana foi transportada em braços à sua casinha, na vizinhança da cadeia. Os robustos braços que a levaram eram os de seu pai.

Simão Botelho, quando, em toda a agilidade e força dos dezoito anos, ia do tribunal ao cárcere, ouviu algumas vozes que se alternavam deste modo:

— Quando vai ele a padecer?

— É bem-feito! Vai pagar pelos inocentes que o pai mandou enforcar.

— Queria apanhar a morgada à força de balas!

— Não que estes fidalgos cuidam que não é mais senão matar!...

— Matasse ele um pobre, e tu verias como ele estava em casa!

— Também é verdade!

— E como ele vai de cara no ar!

— Deixa ir, que não tarda quem lha faça cair ao chão!...

— Dizem que o carrasco já vem pelo caminho.

— Já chegou de noite, e trazia cutelos numa coifa.

— Tu viste-o?

— Não; mas disse a minha comadre que lho dissera a vizinha do cunhado da irmã, e que o carrasco está escondido numa enxovia.

— Tu hás de levar os pequenos a ver o padecente?

— Pudera não! Estes exemplos não se devem perder.

— Eu cá de mim já vi enforcar três, que me lembre, todos por matadores.

— Por isso tu, há dois anos, não atiraste com a vida do Amaro Lampreia a casa do diabo!...

— Assim foi; mas, se eu o não matasse, matava-me ele.

— Então de que voga o exemplo?

— Eu sei cá de que voga? O frei Anselmo dos franciscanos é que prega aos pais que levem os filhos a verem os enforcados.

— Isto há de ser para o não esfolarem a ele, quando ele nos esfola com os peditórios.

Tão desassombrado ia o espírito de Simão, que algumas vezes lhe esvoaçou dos lábios um sorriso, desafiado pela filosofia do povo, acerca da forca.

Recolhido ao seu quarto, foi intimado para apelar, dentro do prazo legal. Respondeu que não apelava, que estava contente da sua sorte, e de boas avenças com a justiça.

Perguntou por Mariana, e o carcereiro lhe disse que a mandava chamar. Veio João da Cruz, e a chorar se lastimou de perder a filha, porque a via delirante a falar em forca e a pedir que a matassem primeiro. Agudíssima foi então a dor do acadêmico ao compreender, como se instantaneamente lhe fulgurasse a verdade, que Mariana o amava até ao extremo de morrer. Por momentos se lhe esvaiu do coração a imagem de Teresa, se é possível assim pensá-lo. Vê-la-ia porventura como um anjo redimido em serena contemplação do seu Criador; e veria Mariana como o símbolo da tortura, morrer a pedaços, sem instantes de amor remunerado que lhe dessem a glória do martírio. Uma, morrendo amada; outra, agonizando, sem ter ouvido a palavra “amor” dos lábios que escassamente balbuciavam frias palavras de gratidão.

E chorou então aquele homem de ferro. Chorou lágrimas que valiam bem as amarguras de Mariana.

— Cuide de sua filha, senhor Cruz! — disse Simão com fervente súplica ao ferrador. — Deixe-me a mim, que estou vigoroso e bom. Vá consolar essa criatura, que nasceu debaixo da minha má estrela. Tire-a de Viseu, leve-a para sua casa. Salve-a, para que neste mundo fiquem duas irmãs que me chorem. Os favores que me tem feito, já agora dispensa-os a brevidade da minha vida. Daqui a dias mandam-me recolher ao oratório; bom será que sua filha ignore.

De volta, João da Cruz achou a filha prostrada no pavimento, ferida no rosto, chorando e rindo, demente em suma. Levou-a amarrada para sua casa, e deixou a cargo de outra pessoa a sustentação do condenado.

Terribilíssimas foram então as horas solitárias do infeliz. Até àquele dia, Mariana, benquista do carcereiro e protegida pela amiga de D. Rita Preciosa, tinha franca entrada no cárcere a toda a hora do dia, e raras horas deixara sozinho o preso. Costurava enquanto ele escrevia, ou cuidava do amanho e limpeza do quarto. Se Simão estava no leito doente ou prostrado, Mariana que tivera alguns princípios de escrita, sentava-se à banca, e escrevia cem vezes o nome de *Simão*, que muitas vezes as lágrimas deliam. E isto assim, durante sete meses, sem nunca ouvir nem proferir a palavra amor. Isto assim, depois de vigílias noturnas, ora em preces, ora em trabalho, ora no caminho de sua casa, onde ia visitar o pai a desoras.

Nunca mais o preso, na perspectiva da forca, viu entrar aquela doce criatura no limiar da ferrada porta, que lhe graduava o ar, medido e calculado para que as inteiras horas da asfixia as gozasse o cordel do patíbulo. Nunca mais!

E, quando ele evocava a imagem de Teresa, um capricho dos olhos quebrantados lhe afigurava a visão de Mariana ao par da outra. E lagrimosas via as duas. Saltava então do leito, fincava os dedos nos espessos ferros da janela, e pensava em partir o crânio contra as grades.

Não o sustinha a esperança na terra, nem no céu. Raio de luz divina jamais penetrou no seu *ergástulo*[21]. O anjo da piedade encarnara

[21] *Ergástulo:* Prisão, geralmente subterrânea. (N. do E.)

naquela criatura celestial que enlouquecera, ou voltara para o céu com o espírito dela. O que o salvava do suicídio não era, pois, esperança em Deus, nem nos homens; era este pensamento: "Afinal, *covarde!* Que bravura é morrer quando não há esperança de vida?! A força é um triunfo quando se encontra ao cabo do caminho da honra!?"

❖

CAPÍTULO XIII

— E Teresa?

Perguntam a tempos, minhas senhoras, e não me hei de queixar se me arguirem de a ter esquecido e sacrificado a incidentes de menos porte.

Esquecido, não. Muito há que me reluz e voeja, alada como o ideal querubim dos santos, nesta minha quase escuridade[22], aquela ave do céu, como a pedir-me que lhe cubra de flores o rastilho de sangue que ela deixou na terra. Mais lágrimas que sangue deixaste, ó filha da amargura! Flores são tuas lágrimas, e do céu me diz se os perfumes delas não valem mais aos pés do teu Deus que as preces de muita devota que morre santificada pelo mundo, e cujo cheiro de santidade não passa do olfato hipócrita ou estúpido dos mortais.

Teresa Clementina bem a viram transportada da escadaria do templo, onde caíra, à liteira que a conduziu ao Porto. Recobrando o alento, viu defronte a si uma criada, que lhe dizia banais e frias expressões de alívio. Se alguma criada de seu pai lhe era amiga, decerto não aquela, acintemente escolhida pelo velho. Nem ao menos a confiança para tal expansão em gritos restava à afligida menina! Mas um raio de piedade ferira súbito o peito da mulher até àquela hora desafeta a sua ama.

Perguntava-se a si mesma Teresa se aquela horrorosa situação seria um sonho! Sentia-se de novo falecer de forças, e voltava à vida, sacudida pela consciência da sua desgraça. Condoeu-se a criada, e incitou-a a respirar, chorando com ela, e dizendo-lhe:

---

[22] Este romance foi escrito num dos cubículos-cárceres da Relação do Porto, a uma luz coada por entre ferros, e abafada pela sombra das abóbadas. Ano da Graça de 1861. (N. do A.)

— Pode falar, menina, que ninguém nos segue.

— Ninguém?!

— As suas primas ficaram: apenas vêm os dois lacaios.

— E meu pai não?

— Não, fidalga... Pode chorar e falar! à sua vontade.

— E eu vou para o Porto?

— Vamos, sim, minha senhora.

— E tu viste tudo como foi, Constança?

— Desgraçadamente vi...

— Como foi? Conta-me tudo.

— A menina bem sabe que seu primo morreu.

— Morreu?! Vi-o cair quase aos meus pés; mas...

— Morreu logo, e depois quiseram os criados, à voz de seu pai, prender o senhor Simão; mas ele com outra pistola...

— E fugiu? — atalhou Teresa, com veemente alegria.

— Afinal foi ele que se deu à prisão.

— Está preso?!

E, sufocada pelos soluços, com o rosto no lenço, não ouvia as palavras confortadoras de Constança.

Serenado algum tanto o violento acesso de gemidos e choro, Teresa sugeriu à criada o louco plano de a deixar fugir da primeira estalagem onde pousassem para ela ir a Viseu dar o último adeus a Simão.

A criada a custo a despersuadiu no intento, pintando-lhe os novos perigos que ia acumular à desgraça do seu amante, e animando-a com a esperança de livrar-se Simão do crime, com a influência do pai, apesar da perseguição do fidalgo.

Calaram lentamente estas razões no espírito de Teresa.

Chorosa, ansiada e a reveses desfalecida, foi Teresa vencendo a distância que a separava de Monchique, onde chegou ao quinto dia de jornada.

A prelada já estava sabedora dos sucessos por emissários que se adiantaram ao moroso caminhar da liteira.

Foi Teresa recebida com brandura por sua tia, posto que as recomendações de Tadeu de Albuquerque eram clausura rigorosa e absoluta privação de meios de escrever a quem quer que fosse.

Ouviu a prelada da boca de sua sobrinha a fiel história dos acontecimentos, e viu uma a uma as cartas de Simão Botelho. Choraram abraçadas; mas a prelada, enxugadas as lágrimas de mulher ao fogo da austeridade religiosa, falou e aconselhou como freira, e freira que *ciliciava*[23] o corpo com as rosetas, e o coração com as privações tormentosas de quarenta anos.

Teresa carecia de forças para a rebelião. Deixou a sua tia a santa vaidade de exorcismar o demônio das paixões, e deu um sorriso ao anjo da morte, que, de permeio ao seu amor e à esperança, lhe interpunha a asa negra que tão de luz refulgente rebrilha às vezes em corações infelizes.

Quis Teresa escrever.

— A quem, minha filha? — perguntou a prelada.

Teresa não respondeu.

— Escrever-lhe para quê? — tornou a religiosa. — Cuidas tu, menina, que as tuas cartas lhe chegam à mão? Que vais tu fazer senão redobrar a ira de teu pai contra ti e contra o infeliz preso? Se o amas, como creio, apesar de tudo, cuida em salvá-lo. Se não ouves a minha razão, finge-te esquecida. Se podes violentar a tua dor, dissimula, faze muito por que a teu pai chegue a notícia de que lhe serás dócil em tudo, se ele tiver piedade do teu pobre amigo.

Não recalcitrou Teresa. Deu outro sorriso ao anjo da morte, e pediu-lhe que a envolvesse a ela, e ao seu amor, e à sua esperança, de todo, na negrura de suas asas.

De mês a mês recebia a abadessa de Monchique uma carta de seu primo. Eram estas cartas um respiradouro de vingança. Em todas dizia o velho que o assassino iria ao patíbulo irremediavelmente. A sobrinha não via as cartas; mas reparava nas lágrimas da compassiva freira.

A débil compleição de Teresa deperecia aceleradamente. A ciência condenou-a à morte breve. Disto foi informado Tadeu de Albuquerque, e respondeu: — "Que a não desejava morta; mas, se Deus a levasse, morreria mais tranquilo, e com a sua honra sem mancha". Era assim imaculada a honra do fidalgo de Viseu!!... A *honra,* que dizem proceder em linha reta da virtude de Sócrates, da virtude de Jesus Cristo, da virtude de milhões de mártires, que se deram às garras das feras, quando predicavam a caridade e o perdão aos homens!

Quantas carícias inventou a simpatia e a piedade, todas, por ministério das religiosas exemplares de Monchique, aporfiaram em

---

[23] *Ciliciar:* Mortificar com cilício *(cilício:* instrumento com o qual os antigos religiosos se torturavam à guisa de sacrifício). (N. do E.)

refrigerar o ardor que consumia rapidamente a reclusa. Inútil tudo. Teresa reconhecia com lágrimas a compaixão, e, ao mesmo tempo, alegrava-se tirando das carícias a certeza de que os médicos a julgavam incurável.

Alguma freira inadvertida lhe disse um dia que uma sua amiga do convento dos Remédios de Lamego lhe dissera que Simão tinha sido condenado à morte.

Teresa estremeceu, e murmurou, sem forças já para a exclamação:

— E eu vivo ainda!

Depois orou, e chorou; mas os costumes da sua vida em paroxismos continuaram inalteráveis.

Perguntou à senhora que lhe dera a notícia se a sua amiga do convento dos Remédios lhe faria a esmola de fazer chegar às mãos de Simão uma carta. Prontificou-se a freira, depois que ouviu o parecer da prelada. Entendeu esta religiosa que o derradeiro colóquio entre dois moribundos não podia danificá-los na vida temporal, nem na vida eterna.

Esta é a carta que leu Simão, quinze dias depois do seu julgamento:

"Simão, meu esposo. Sei tudo... Está conosco a morte. Olha que te escrevo sem lágrimas. A minha agonia começou há sete meses.

Deus é bom, que me poupou ao crime. Ouvi a notícia da tua próxima morte, e então compreendi por que estou morrendo hora a hora. Aqui está o nosso fim, Simão!... Olha as nossas esperanças! Quando tu me dizias os teus sonhos de felicidade, e eu te dizia os meus!... Que mal fariam a Deus os nossos inocentes desejos?!... Por que não merecemos nós o que tanta gente tem?... Assim acabaria tudo, Simão? Não posso crê-lo! A eternidade apresenta-se-me tenebrosa, porque a esperança era a luz que me guiava de ti para a fé. Mas não pode findar assim o nosso destino. Vê se podes segurar o último fio da tua vida a uma esperança qualquer. Ver-nos-emos num outro mundo, Simão? Terei eu merecido a Deus contemplar-te? Eu rezo, suplico, mas desfaleço na fé quando me lembram as últimas agonias do teu martírio. As minhas são suaves, quase que as não sinto. Não deve custar a morte a quem tiver o coração tranquilo. O pior é a saudade, saudade daquelas esperanças que tu achavas no meu coração, adivinhando as tuas. Não importa, se nada há além desta vida. Ao menos morrer é esquecer. Se tu pudesses viver agora, de que te serviria? Eu também estou condenada, e sem remédio. Segue-me, Simão! Não tenhas saudades da vida, não tenhas, ainda que a razão te diga que podias ser feliz, se me não tivesses encontrado no caminho por onde te levei à morte... E que morte, meu Deus!... Aceita-a! Não te arrependas. Se houve crime, a justiça de Deus te perdoará pelas angústias que tens de sofrer no cárcere... e nos últimos dias, e na presença da..."

Teresa ia escrever uma palavra, quando a pena lhe caiu da mão, e uma convulsão lhe vibrou todo o corpo por largo espaço. Não escreveu a palavra! Mas a ideia de *forca* parou-lhe a vida. A freira entrou na cela a pedir-lhe a carta, porque o correio ia a partir. Teresa, indicando-lha, disse:

— Leia, se quiser, e feche-a, por caridade, que eu não posso.

Nos três dias seguintes Teresa não saiu do leito. A cada hora as religiosas assistentes esperavam que ela fechasse os olhos.

— Custa muito morrer! — dizia algumas vezes a enferma.

Não faltavam piedosos discursos advertirem-lhe o espírito do mundo. Teresa ouvia-os, e dizia com ânsia:

— Mas a esperança do céu, sem ele!... Que é o céu, meu Deus?

E o apostólico capelão do mosteiro não sabia dizer se os bens do céu tinham comum com os do mundo as delícias que falsamente na terra se chamam assim. Aquelas sutilezas espirituais que vêm com algumas espécies de tísica, assim à maneira dos últimos lampejos da vital flama, tinha-as a enferma, quando acontecia falarem-lhe as religiosas na bem-aventurança. Às vezes, se o capelão, convidado pela lucidez de Teresa, entrava nos domínios da filosofia, tratando como tema a imortalidade da alma, a inculta senhora argumentava em breves termos, com razões tão claras a favor da união eterna das almas, já deste mundo esposas, que o padre ficava em dúvidas se seria herético contestar uma cláusula não inscrita em algum dos quatro evangelhos.

Maravilhava-se já a medicina da pertinácia daquela vida. Tinha a abadessa escrito a seu primo Tadeu, apressando-o a ir ver o anjo ao despedir-se da terra. O velho, tocado de piedade e porventura de amor paternal, deliberou tirar do convento a filha, na esperança de salvá-la ainda. Uma forte razão acrescia àquela: era a mudança do condenado para os cárceres do Porto. Deu-se pressa, pois, o fidalgo, e chegou ao Porto a tempo que a religiosa, amiga da outra de Lameno, entregava à doente esta carta de Simão:

"Não me fujas ainda, Teresa. Já não vejo a forca, nem a morte. Meu pai protege-me, e a salvação é possível. Prende ao coração os últimos fios da tua vida. Prolonga a tua agonia, enquanto te eu disser que espero. Amanhã vou para as cadeias do Porto, e hei de ali esperar a absolvição ou comutação da sentença. A vida é tudo. Posso amar-te no degredo. Em toda a parte há céu, e flores, e Deus. Se viveres, um dia serás livre; a pedra do sepulcro é que nunca se levanta. Vive, Teresa, vive! Há dias, lembrava-me que as tuas lágrimas lavariam da minha face as nódoas do sangue do enforcado. Esse pesadelo atroz passou. Agora neste inferno respira-se; o esparto do carrasco já me não aperta em sonhos a garganta. Já fito os olhos no céu, e reconheço a providência dos infelizes. Ontem, vi as nossas estrelas, aquelas dos nossos segredos nas noites da ausência. Volvi à vida, e tenho o coração cheio de esperanças. Não morras, filha da minha alma!"

Ia alta a noite, quando Teresa, sentada no seu leito, leu esta carta. Chamou a criada, para ajudá-la a vestir. Mandou abrir a janela do seu quarto e encostou as faces às *reixas*[24] de ferro. Esta janela olhava para o mar, e o mar era nessa noite uma imensa flama de prata; e a lua, esplendidíssima, eclipsava o fulgor dumas estrelas que Teresa procurava no céu.

— São aquelas! — exclamou ela.

— Aquelas quê, minha senhora? — disse Constança.

— As minhas estrelas!... pálidas como eu... A vida! ai! a vida! — exclamou ela, erguendo-se, e passando pela fronte as mãos cadavéricas. — Quero viver! Deixai-me viver, ó Senhor!

— Há de viver, menina! Há de viver, que Deus é piedoso! — disse a criada. — Mas não tome o ar da noite. Este nevoeiro do rio faz-lhe grande mal.

— Deixa-me, deixa-me, que tudo isto é viver... Não vejo o céu há tanto tempo! Sinto-me ressuscitar aqui, Constança! Por que não

---

[24] *Reixas:* Grades. (N. do E.)

tenho eu respirado todas as noites este ar? Eu poderei viver alguns anos? Poderei, minha Constança? Pede tu, pede muito à minha Virgem Santíssima! Vamos orar ambas! Vamos, que o Simão não morre... O meu Simão vive e quer que eu viva. Está no Porto amanhã, e talvez já esteja...

— Quem, minha senhora?!

— Simão; o Simão vem para o Porto.

A criada julgou que a sua ama delirava, mas não a contrariou.

— Teve carta dele a fidalga? — tornou ela, cuidando que assim lhe alimentava aquele instante de febril contentamento.

— Tive... Queres ouvir?... Eu leio...

E leu a carta, com grande pasmo de Constança, que se convenceu.

— Agora vamos rezar, sim?... Tu não és inimiga dele, não? Olha, Constança, se eu casar com ele, tu vais para a nossa companhia. Verás como és feliz. Queres ir, não queres?

— Sim, minha senhora, vou. Mas ele conseguirá livrar-se da morte?

— Livra; tu verás que livra; o pai dele há de livrá-lo... e a Virgem Santíssima é que nos há de unir. Mas, se eu morro... se eu morro, meu Deus!

E com as mãos convulsivamente enlaçadas sobre o seio, Teresa arquejava em pranto.

— Se eu não tenho já forças!... Todos dizem que eu morro, e o médico já nem me receita!... Então melhor me fora ter acabado antes desta hora! Morrer com esperanças, ó Mãe de Deus!

E ajoelhou ante o retábulo devoto que trouxera do seu quarto de Viseu, ao qual sua mãe e avó já tinham orado, e em cujo rosto compassivo os olhos das duas senhoras moribundas tinham apagado os seus últimos raios de luz.

❖

CAPÍTULO XIV

Anunciara-se Tadeu de Albuquerque na portaria de Monchique, ao dia seguinte dos anteriores sucessos.

Sua prima, primeira senhora que lhe saiu ao locutório, vinha enxugando as lágrimas de alegria.

— Não cuide que eu choro de aflita, meu primo — disse ela. — O nosso anjo, se Deus quiser, pode salvar-se. Logo de manhã a vi passear por seu pé nos dormitórios. Que diferença de semblante ela tem hoje! Isto, meu primo, é milagre de duas santas que temos inteiras na claustra, e com as quais algumas perfeitas criaturas desta casa se apegaram. Se as melhoras continuarem assim, temos Teresa; o Céu consente que esteja entre nós aquele anjo mais alguns anos...

— Muito folgo com o que me diz, minha boa prima — atalhou o fidalgo. — A minha resolução é levá-la já para Viseu, e lá se restabelecerá com os ares pátrios, que são muito mais sadios que os do Porto.

— É ainda cedo para tão longa e custosa jornada, meu primo. Não vá o senhor cuidar que ela está capaz de se meter ao caminho. Lembre-se que ainda ontem pensamos em encontrá-la hoje morta. Deixe-a estar mais alguns meses; e depois não digo que a não leve; mas, por enquanto, não consinto semelhante imprudência.

— Maior imprudência — replicou o velho — é conservá-la no Porto, onde, a estas horas, deve estar o malvado matador de meu sobrinho. Talvez não saiba a prima?... Pois é verdade: o patife do corregedor saiu a campo em defesa dele, e conseguiu que o tribunal da Relação lhe aceitasse a apelação da sentença, passado o prazo da lei; e, não contente com isto, fez que o filho fosse removido para as cadeias do Porto. Eu agora trabalho para que a sentença seja confirmada e espero consegui-lo; mas, enquanto o assassino aqui estiver, não quero que minha filha esteja no Porto.

— O primo é pai, e eu sou apenas uma parenta — disse a abadessa —; cumpra-se a sua vontade. Quer ver a menina, não é assim?

— Quero, se é possível.

— Pois bem, enquanto eu vou chamá-la, queira entrar na primeira grade à sua mão direita, que Teresa lá vai ter.

Avisada Teresa de que seu pai a esperava, instantaneamente a cor sadia que alegrava as senhoras religiosas se demudou na lividez costumada. Quis a tia, vendo-a assim, que ela não saísse do seu quarto, e encarregava-se de espaçar a visita do pai.

— Tem de ser — disse Teresa. — Eu vou, minha tia.

O pai, ao vê-la, estremeceu e *enfiou*[25]. Esperava mudança, mas não tamanha. Pensou que a não conheceria sem o prevenirem de que ia ver sua filha.

— Como eu te encontro, Teresa! — exclamou ele, comovido. — Por que me não disseste há mais tempo o teu estado?

Teresa sorriu-se, e disse:

— Eu não estou tão mal como as minhas amigas imaginam.

— Terás tu forças para ir comigo para Viseu?

— Não, meu pai; não tenho mesmo forças para lhe dizer em poucas palavras que não torno a Viseu.

— Por que não, se a tua saúde depender disso?!...

— A minha saúde depende do contrário. Aqui viverei ou morrerei.

— Não é tanto assim, Teresa — replicou Tadeu com dissimulada brandura. — Se eu entender que estes ares são nocivos à tua saúde, hás de ir, porque é obrigação minha conduzir e corrigir a tua má sina.

— Está corrigida, meu pai. A morte emenda todos os erros da vida.

— Bem sei: mas eu quero-te viva, e, portanto, recobra forças para o caminho. Logo que tiveres meio dia de jornada, verás como a saúde volta como por milagre.

— Não vou, meu pai.

— Não vai?! — exclamou, irritado, o velho, lançando às grades as mãos trementes de ira.

— Separam-nos esses ferros a que meu pai se encosta, e para sempre nos separam.

— E as leis? Cuidas tu que eu não tenho direitos legítimos para te obrigar a sair do convento? Não sabes que tens apenas dezoito anos?

[25] *Enfiar:* Empalidecer, desmaiar. (N. do E.)

— Sei que tenho dezoito anos; as leis não sei quais são, nem me incomoda a minha ignorância. Se pode ser que mão violenta venha arrancar-me daqui, convença-se, meu pai, de que essa mão há de encontrar um cadáver. Depois... o que quiserem de mim. Enquanto, porém, eu puder dizer que não vou, juro-lhe que não vou, meu pai.

— Sei o que é! — bramiu o velho. — Já sabes que o assassino está no Porto?

— Sei, sim, senhor.

— Ainda o dizes sem vergonha, nem horror de ti mesma! Ainda...

— Meu pai — interrompeu Teresa —, não posso continuar a ouvi-lo, porque me sinto mal. Dê-me licença... e vingue-se como puder. A minha glória neste longo martírio seria uma forca levantada ao lado da do assassino.

Teresa saiu da grade, deu alguns passos na direção da sua cela, e encostou-se esvaída à parede. Correram a ampará-la sua tia e a criada, mas ela, afastando-as suavemente de si, murmurou:

— Não é preciso... Estou boa... Estes golpes dão vida, minha tia.

E caminhou sozinha a passos vacilantes.

Tadeu batia à porta do mosteiro com irrisório enfurecimento pancadas, umas após outras, com grande medo da porteira e outras madres, espantadas do insólito despropósito.

— Que é isso, primo? — disse a prelada, com severidade.

— Quero cá fora Teresa.

— Como fora? Quem há de lançá-la fora?!

— A senhora, que não pode aqui reter uma filha contra a vontade de seu pai.

— Isso assim é; mas tenha prudência, primo.

— Não há prudência nem meia prudência. Quero minha filha cá fora.

— Pois ela não quer ir?

— Não, senhora.

— Então espere que por bons modos a convençamos a sair, porque não havemos trazer-lha a rastos.

— Eu vou buscá-la, sendo preciso — redarguiu em crescente fúria. — Abram-me estas portas, que eu a trarei!

— Estas portas não se abrem assim, meu primo, sem licença superior. A regra do mosteiro não pode ser quebrantada, para servir uma paixão desordenada. Tranquilize-se, senhor! Vá descansar desse frenesi, e venha noutra hora combinar comigo o que for digno de todos nós.

— Tenho entendido! — exclamou o velho, gesticulando contra o ralo do locutório. — Conspiram todas contra mim! Ora descansem, que eu lhes darei uma boa lição. Fique a senhora abadessa sabendo que eu não quero que minha filha receba mais cartas do matador, percebeu?

— Eu creio que Teresa nunca recebeu cartas de matadores, nem suponho que as receba d'ora em diante.

— Não sei se sabe, nem se não. Eu vigiarei o convento. A criada que está com ela, ponham-na fora, percebeu?

— Por quê? — redarguiu a prelada com enfado.

— Porque a encarreguei de me avisar de tudo, e ela nada me tem contado.

— Se não tinha que lhe dizer, senhor!

— Não me conte histórias, prima! A criada quero vê-la sair do convento e já!

— Eu não lhe posso fazer a vontade, porque não faço injustiças. Se vossa senhoria quiser que sua filha tenha outra criada, mande-lha; mas a que ela tem, logo que deixe de a servir, há muitas senhoras nesta casa que a desejam, e ela mesma deseja aqui ficar.

— Tenho entendido — bradou ele —, querem-me matar! Pois não matam; primeiro há de o diabo dar um estouro!

Tadeu de Albuquerque saiu em corcovos do átrio do mosteiro. Era hedionda aquela raiva que lhe controla as faces encorreadas, revendo suor e sangue aos olhos acovados.

Apresentou-se ao intendente da polícia pedindo providências para que se lhe entregasse sua filha. O intendente respondeu que ele não solicitava competentemente tais providências. Instou para que o carcereiro da cadeia não deixasse sair alguma carta de um assassino vindo da comarca de Viseu, por nome Simão Botelho. O intendente disse que não podia, sem motivos concernentes a devassas, obstar a que o preso escrevesse a quem quer que fosse.

Reduplicada a fúria, foi dali ao corregedor do Porto com os mesmos requerimentos, e tom arrogante. O corregedor, particular amigo de Domingos Botelho, despediu com enfado o importuno, dizendo-lhe que a velhice sem juízo era coisa tão de riso como de lástima. Esteve então a pique de perder-se a cabeça de Tadeu de Albuquerque. Andava e desandava as ruas do Porto, sem atinar com uma saída digna da sua prosápia e vingança. No dia seguinte, bateu à porta de alguns desembargadores e achava-os mais inclinados à clemência que à justiça a respeito de Simão Botelho. Um deles, amigo de infância de D. Rita Preciosa, e implorado por ela, falou assim ao sanhudo fidalgo:

— Em pouco está o ser homicida, senhor Albuquerque. Quantas mortes teria vossa senhoria hoje feito se alguns adversários se opusessem à sua cólera? Esse infeliz moço, contra quem o senhor solicita desvairadas violências, conserva a honra na altura da sua imensa desgraça. Abandonou-o o pai, deixando-o condenar à forca; e ele da sua extrema degradação nunca fez sair um grito suplicante de misericórdia. Um estranho lhe esmolou a subsistência de oito meses de cárcere, e ele aceitou a esmola, que era honra para si e para quem lha dava. Hoje fui eu ver esse desgraçado filho de uma senhora que eu conheci no paço, sentada ao lado dos reis. Achei-o vestido de baetão e pano pedrês. Perguntei-lhe se assim estava desprovido de fato. Respondeu-me que se vestira à proporção dos seus meios, e que devia à caridade dum ferrador aquelas calças e jaqueta. Repliquei-lhe eu que escrevesse a seu pai para o vestir decentemente. Disse-me que não pedia nada a quem consentiu que os delitos do seu coração e da sua dignidade e do pundonor do seu nome fossem expiados num patíbulo. Há grandeza neste homem de dezoito anos, senhor Albuquerque. Se vossa senhoria tivesse consentido que sua filha amasse Simão Botelho Castelo Branco, teria poupado a vida ao homem sem honra que se lhe atravessou com insultos e ofensas corporais de tal afronta, que desonrado ficaria Simão se as não repelisse como homem de alma e brios. Se vossa senhoria se não tivesse oposto às honestíssimas e inocentes afeições de sua filha, a justiça não teria mandado arvorar uma forca, nem a ida de seu sobrinho teria sido imolada aos seus caprichos de mau pai. E, se sua filha casasse com o filho do corregedor de Viseu, pensa acaso vossa senhoria que os seus brasões sofriam desdouro? Não sei de que século data a nobreza do senhor Tadeu de Albuquerque, mas do brasão de D. Rita, Teresa Margarida Preciosa Caldeirão Castelo Branco posso dar-lhe informações sobre as páginas das mais verídicas e ilustres genealogias do reino. Por parte de seu pai, Simão Botelho tem do melhor sangue de Trás-os-Montes, e não se temerá de entrar em competências com o dos Albuquerques de Viseu, que não é decerto o dos *Albuquerques terríveis* de que reza Luís de Camões...

Ofendido até ao âmago pela derradeira ironia, Tadeu ergueu-se de ímpeto, tomou o chapéu e a enorme bengala de castão de ouro e fez a cortesia de despedida.

— São amargas as verdades, não é assim? — disse-lhe, sorrindo, o desembargador Mourão Mosqueira.

— Vossa excelência lá sabe o que diz, e eu cá sei no que hei de ficar — respondeu com tom irônico o fidalgo, alanceado na sua honra e na dos seus quinze avós.

O desembargador retorquiu:

— Fique no que quiser; mas vá na certeza, se isso lhe serve de alguma coisa, que Simão Botelho não vai à forca.

— Veremos — resmungou o velho.

❖

CAPÍTULO XV

São treze dias decorridos do mês de março de 1805.

Está Simão num quarto de malta das cadeias da Relação. Um catre de tábuas, um colchão de embarque, uma banca e cadeira de pinho e um pequeno pacote de roupa, colocado no lugar do travesseiro, são a sua mobília. Sobre a mesa tem um caixote de pau-preto, que contém as cartas de Teresa, ramalhetes secos, os seus manuscritos do cárcere de Viseu e um avental de Mariana, o último com que ela, no dia do julgamento, enxugara as lágrimas e arrancara de si no primeiro instante de demência.

Simão relê as cartas de Teresa, abre os envoltórios de papel que encerram as flores ressequidas, contempla o avental de linho, procurando esvaídos vestígios das lágrimas. Depois encosta a face e o peito aos ferros da sua janela, e avista os horizontes boleados pelas serras de *Valongo*[26] e *Cralheira*[27], e cortados pelas ribas pitorescas de *Gaia*[28], do *Candal*[29], de *Oliveira*[30] e do mosteiro da Serra do Pilar. É um dia lindo. Refletem-se do azul do céu os mil matizes da primavera. Tem aromas o ar, e a viração fugitiva dos jardins derrama no éter as urnas que roubou aos canteiros. Aquela indefinida alegria que parece reluzir nas legiões de espíritos que se geram ao sol de março rejubila a natureza, que, toda pompa de luz e flores, se está namorando do calor que a vai fecundando.

Dia de amor e de esperança era aquele que o Senhor mandava à choça encravada na garganta da serra, ao palácio esplendoroso que reverberava ao sol os seus espiráculos, ao opulento que passeava as

---

[26] *Valongo*, [27]*Cralheira*, [28]*Gaia*, [29]*Candal*, [30]*Oliveira*: Vilas ao norte de Portugal, próximas ao rio Douro, que banha a cidade do Porto. (N. do E.)

suas moles equipagens, bafejado pelo respiro acre das sarças, e ao mendigo que desentorpecia os membros, encostado às colunas dos templos.

E Simão Botelho, fugindo à claridade da luz e ao voejar das aves, meditando, chorava e escrevia assim as suas meditações:

"O pão do trabalho de cada dia e o teu seio para repousar uma hora a face, pura de manchas: não pedi mais ao Céu.

Achei-me homem aos dezesseis anos. Vi a virtude à luz do teu amor. Cuidei que era santa a paixão que absorvia todas as outras, ou as deparava com o seu fogo sagrado.

Nunca os meus pensamentos foram denegridos por um desejo que eu não possa confessar alto diante de todo o mundo. Dize tu, Teresa, se os meus lábios profanaram a pureza de teus ouvidos. Pergunta a Deus quando quis eu fazer do meu amor o teu opróbrio.

Nunca, Teresa! Nunca, ó mundo que me condenas!

Se teu pai quisesse que eu me arrastasse a seus pés para te merecer, beijar-lhos-ia. Se tu me mandasses morrer para te não privar de ser feliz com outro homem, morreria, Teresa!

Mas tu eras sozinha e infeliz, e eu cuidei que o teu algoz não devia sobreviver-te. Eis-me aqui homicida, e sem remorsos. A insânia do crime aturde a consciência; não a minha, que se não temia das escadas da forca, nos dias em que o meu despertar era sempre o estrebuchamento da sufocação.

Eu esperava a cada hora o chamamento para o oratório, e dizia comigo: falarei a Jesus Cristo.

Sem pavor premeditava nas setenta horas dessa agonia moral, e antevia consolações que o crime não ousa esperar sem injúria da justiça de Deus.

Mas chorava por ti, Teresa! O travor do meu cálice tinha sobre a amargura as mil amarguras das tuas lágrimas.

Gemias aos meus ouvidos, mártir! Ver-me-ias sacudido nas convulsões da morte, em teus delírios. A mesma morte tem horror da suprema desgraça. Tarde morrerias. A minha imagem, em vez de te acenar com a palma de martírio, te seria um fantasma, levantado das tábuas dum cadafalso.

Que morte a tua, ó minha santa amiga!"

E prosseguiu até ao momento em que João da Cruz, com ordem do intendente-geral da polícia, entrou no quarto.

— Aqui?! — exclamou Simão, abraçando-o. — E Mariana? Deixou-a sozinha? Morta, talvez!

— Nem sozinha, nem morta, fidalgo! O diabo nem sempre está atrás da porta... Mariana voltou ao seu juízo.

— Fala a verdade, senhor João?

— Pudera mentir!... Aquilo foi coisa de bruxaria, e quanto a mim... Sangrias, sedenhos, água fria na cabeça, e exorcismos do missionário, não lhe digo nada, a rapariga está escorreita, e, assim que tiver um todo-nada de forças, bota-se ao caminho.

— Bendito seja Deus! — exclamou Simão.

— *Amen* — acrescentou o ferrador. — Então que arranjo é este de casa? Que breca de tarimba é esta? Quer-se aqui uma cama de gente, e alguma coisa em que um cristão se possa sentar.

— Isto assim está excelente.

— Bem vejo... E de barriga? Como vamos nós de trincadeira?

— Ainda tenho dinheiro, meu amigo.

— Há de ter muito, não tem dúvida; mas eu tenho mais, e vossa senhoria tem ordem franca. Veja lá esse papel.

Simão leu uma carta de D. Rita Preciosa, escrita ao ferrador, em que o autorizava a socorrer seu filho com as necessárias despesas, prontificando-se a pagar todas as ordens que lhe fossem apresentadas com a sua assinatura.

— É justo — disse Simão, restituindo a carta — porque eu devo ter uma legítima.

— Então já vê que não tem mais do que pedir por boca. Eu vou comprar-lhe arranjos...

— Abra-me o seu nobre coração para outro serviço mais valioso — atalhou o preso.

— Diga lá, fidalgo.

Simão pediu-lhe a entrega de uma carta em Monchique a Teresa de Albuquerque.

— O berzabum parece-me que as arma! — disse o ferrador. — Venha de lá a carta. O pai dela está cá. Já sabia?

— Não.

— Pois está; e, se o diabo o traz à minha beira, não sei se lhe darei com a cabeça numa esquina. Já me lembrou de o esperar no caminho e pendurá-lo pelo gasnete no galho dum sobreiro. À carta tem resposta?

— Se lha derem, meu bom amigo.

Chegou o ferrador a Monchique, a tempo que um oficial da justiça, dois médicos e Tadeu de Albuquerque entravam no pátio do convento.

Falou o aguazil à prelada, exigindo em nome do juiz de fora que dois médicos entrassem no convento a examinar a doente D. Teresa Clementina de Albuquerque, a requerimento de seu pai.

Perguntou a prelada aos médicos se eles tinham a necessária licença eclesiástica para entrarem em Monchique. À resposta negativa redarguiu a abadessa que as portas do convento não se abriam. Disseram os médicos de Tadeu de Albuquerque que era aquele o estilo dos mosteiros, e não houve que redarguir à rigorosa prelada.

Saíram, e o ferrador só então refletiu no modo de entregar a carta. A primeira ideia pareceu-lhe a melhor. Chegou ao ralo, e disse:

— Ó senhora freira!

— Que quer vossemecê? — disse a prelada.

— A senhora faz favor de dizer à senhora D. Teresinha de Viseu, que está aqui o pai daquela rapariga da aldeia, que ela sabe?

— E quem é vossemecê?

— Sou o pai da tal rapariga que ela sabe.

— Já sei! — exclamou de dentro a voz de Teresa, correndo ao locutório.

A prelada retirou-se a um lado, e disse:

— Vê lá o que fazes, minha filha...

— A sua filha escreveu-me? — disse Teresa a João da Cruz.

— Sim, senhora, aqui está a carta.

E depositou na roda a carta, em que a abadessa reparou, e disse, sorrindo:

— Muito engenhoso é o amor, Teresinha... Permita Deus que as notícias da rapariga da aldeia te alegrem o coração; mas olha, filhinha, não cuides que a tua velha tia é menos esperta que o *pai da rapariga da aldeia*.

Teresa respondeu com beijos às jovialidades carinhosas da santa senhora, e sumiu-se a ler a carta, e a responder-lhe. Entregando a resposta, disse ela ao ferrador:

— Não vê aí sentada naquela escadinha uma pobre?

— Vejo, sim, senhora, e conheço-a. Como diabo veio para aqui esta mulher? Cuidei que, depois da esfrega que lhe deu o hortelão, a pobrezita não tinha pernas que a cá trouxessem! A mulher pelos modos tem fibras daquela casta!

— Fale baixo — tornou Teresa. — Pois olhe... quando trouxer as cartas, entregue-lhas a ela, sim? Eu já a mandei à cadeia; mas não a deixaram lá entrar.

— Bem está, e o arranjo não é mau assim. Fique com Deus, menina.

Esta boa-nova alegrou Simão. A providência divina apiedara-se dele naquele dia. O restaurar-se o juízo de Mariana e a possibilidade de corresponder-se com Teresa eram as máximas alegrias que podiam baixar do céu ao seu cerrado infortúnio.

Exaltara-se Simão em graças a Deus, na presença de João da Cruz, que arrumava, no quarto, uns móveis que comprara em segunda mão, quando este, suspendendo o trabalho, exclamou:

— Então vou-lhe dizer outra coisa que não tinha tenção de lhe dizer, para o apanhar de *súpeto*.

— Que é?

— A minha Mariana veio comigo, e ficou na estalagem porque não se podia bulir com dores; mas amanhã ela cá está para lhe fazer a cozinha e varrer a casa.

Simão, reconcentrando o indefinível sentimento que esta notícia lhe causara, disse com melancólica pausa:

— É, pois, certo que a minha má estrela arrasta a sua desgraçada filha a todos os meus abismos! Pobre anjo de caridade, que digna és tu do céu!

— Que está o senhor aí a pregar? — interrompeu o ferrador. — Parece que ficou a modo de tristonho com a notícia!...

— Senhor João — tornou solenemente o preso —, não deixe aqui a sua querida filha. Deixe-ma ver, traga-a consigo uma vez a esta casa; mas não a deixe cá, porque eu não posso tolher o destino de Mariana. Como há de ela viver no Porto, sozinha, sem conhecer ninguém, bela como ela é, e perseguida como tem de ser?!...

— Perseguida! *Tó carocha!* Não que ela é mesmo de se lhe dar de que a persigam!... Que vão para lá, mas que deixem as ventas em casa. Meu amigo, as mulheres são como as peras verdes: um homem apalpa-as, e, se o dedo acha duro, deixa-as, e não as come. É como é. A rapariga sai à mãe. Minha mulher, que Deus haja, quando eu lhe andava rentando, dei-lhe um dia um beliscão numa perna. E vai ela põe-se direita comigo, e deu-me dois cascudos nas trombas, que ainda agora os sinto. A Mariana!... Aquilo é da pele de Satanás! Pergunte o senhor, se algum dia falar com aquele fidalguinho Mendes, de Viseu, a troçada que ele levou com as rédeas da égua, só por lhe bulir na chinela quando ela estava em cima da burra!

Simão sorriu ao rasgado panegírico da bravura da moça, e orgulhou-se secretamente dos brandos afagos com que ela o desvelara em oito meses de quase continuada convivência.

— E vossemecê há de privar-se da companhia de sua filha? — insistiu o preso.

— Eu lá me arranjarei como puder. Tenho uma cunhada velha e levo-a para mim para me arranjar o caldo. E vossa senhoria pouco tempo aqui estará... O senhor corregedor lá anda a tratar de o pôr na rua, e que o senhor sai, cá para mim são favas contadas. E assim com'assim, vou dizer-lhe tudo duma feita: a rapariga, se eu a não deixasse vir para o Porto, dava um estouro como uma castanha. Olhe que eu não sou tolo, fidalgo. Que ela tem paixão d'alma por vossa senhoria, isto é tão certo como eu ser João. É a sua sina; que hei de eu fazer-lhe? Deixá-la, que pelo senhor Simão não lhe há de vir mal, ou então já não há honra neste mundo.

Simão lançou-se aos braços do ferrador, exclamando:

— Pudesse eu ser o marido de sua filha, meu nobre amigo!

— Qual marido!... — disse o ferrador com os olhos vidrados das primeiras lágrimas que Simão lhe vira. — Eu nunca me lembrei disso, nem ela!... Eu sei que sou um ferrador, e ela sabe que pode ser sua criada, e mais nada, senhor Simão; mas... sabe que mais? Eu desejo que os meus amigos sejam desgraçados como havia de ser o senhor se casasse com a pobre rapariga! Não falemos nisto, que eu por milagre choro; mas, quando pego a chorar, sou um chafariz... Vamos ao arranjo: a mesa deve aqui ficar; a cômoda ali; duas cadeiras deste lado, e duas daquele. A barra acolá. O baú debaixo da cama. A bacia e a bilha da água sobre esta coisa, que não sei como se chama. Os lençóis e o mais bragal tem-nos lá a rapariga. Amanhã é que o quarto há de ficar que nem uma capela. Olhe que a Mariana já me disse que comprasse duas aquelas... Como se chamam aquelas envasilhas de pôr ramos?

— Jarras.

— É como diz, duas jarras para flores; mas eu não sei onde se vende isso. Agora vou buscar o jantar, que a moça há de cuidar que me não deixam sair da cadeia. Ainda lhe não disse que não me deixaram cá entrar ontem à tarde; mas eu, como trouxe uma cartinha de sua mãe para um senhor desembargador, fui onde a ele, e hoje de manhã já lá tinha na estalagem a ordem do senhor intendente-geral da polícia. Até logo.

❖

CAPÍTULO XVI

Um incidente agora me ocorre, não muito concertado com o seguimento da história, mas a propósito vindo para demonstrar uma face da índole do ex-corregedor de Viseu, já então exonerado do cargo.

Sabido é que Manuel Botelho, o primogênito, voltando a frequentar matemáticas em Coimbra, fugira dali para Espanha com uma dama desleal a seu marido, estudante açoriano que cursava medicina.

Um ano demorara na Corunha Manuel Botelho com a fugitiva, alimentando-se com os recursos que sua mãe, extremosa por ele, lhe remetia, vendendo a pouco e pouco as suas joias, e privando as filhas dos adornos próprios dos anos e da qualidade.

Secaram-se estas fontes e não restavam outras. D. Rita disse afinal ao filho que deixara de socorrer Simão por não ter meios; e agora das escassas economias que fazia nada podia enviar-lhe, porque estava em obrigação de pagar os alimentos de Simão à pessoa que por compaixão lhos dera em Viseu, e lhos estava dando no Porto. Ajuntava ela, para consolação do filho, que viesse ele para Vila Real, e trouxesse consigo a infeliz senhora; que fosse ele para casa, e a deixasse a ela numa estalagem até se lhe arranjar habitação; que o ensejo era oportuno por estar na quinta de Montezelos o pai, quase divorciado da família.

Voltou pelo Minho Manuel Botelho, e chegou com a dama ao Porto, quinze dias depois que Simão entrara no cárcere.

Já noutro ponto deixamos dito que nunca os dois irmãos se deram, nem estimaram; mas o infortúnio de Simão remia as culpas do gênio fatal que o orfanara de pai e mãe, e só da irmã Rita lhe deixara uma lembrança saudosa.

Foi Manuel à cadeia, e, abrindo os braços ao irmão, teve um glacial acolhimento.

Perguntou-lhe Manuel a história do seu desastre.

— Consta do processo — respondeu Simão.

— E tem o mano esperanças de liberdade? — replicou Manuel.

— Não penso nisso.

— Eu pouco posso oferecer-lhe, porque vou para casa forçado pela falta de recursos; mas, se precisa de roupa, repartirei consigo da minha.

— Não preciso nada. Esmolas só as recebo daquela mulher.

Já Manuel tinha reparado em Mariana, e da beleza da moça inferira para formar falsos juízos.

— E quem é esta menina? — tornou Manuel.

— É um anjo... Não lhe sei dizer mais nada.

Mariana sorriu, e disse:

— Sou uma criada do senhor Simão e de vossa senhoria.

— É cá do Porto?

— Não, meu senhor, sou dos arrabaldes de Viseu.

— E tem feito sempre companhia a meu mano?

Simão atalhou assim à resposta balbuciante de Mariana:

— A sua curiosidade incomoda-me, mano Manuel.

— Cuidei que não era ofensiva — replicou o outro, tomando o chapéu. — Quer alguma coisa para mãe?

— Nada.

Estando Manuel Botelho, na tarde desse dia, fechando as malas para seguir jornada para Vila Real, foi visitado pelo desembargador Mourão Mosqueira e pelo corregedor do crime.

— Devemos à espionagem da polícia — disse o corregedor — a novidade de estar nesta estalagem um filho do meu antigo amigo, condiscípulo e colega Domingos Botelho. Aqui vimos dar-lhe um abraço e oferecer o nosso préstimo. Esta senhora é sua esposa? — continuou o magistrado, reparando na açoriana.

— Não é minha esposa... — balbuciou Manuel —, é... minha irmã.

— Sua irmã... — disse Mosqueira. — Qual das três? Há cinco anos que as vi em Viseu, e grande mudança fez esta senhora, que não me recordo das suas feições absolutamente coisa nenhuma. É a senhora D. Ana Amália?

— Justamente — disse Manuel.

— Bela lhe afirmo eu que está, minha senhora; mas fez-se um rosto muito outro do que era!...

— Vieram ver o infeliz Simão? — atalhou o corregedor.

— Sim, senhor... viemos ver o meu pobre irmão.

— Foi um raio que caiu na família aquele rapaz!... — ajuntou Mosqueira. — Mas pode estar na certeza que a sentença não se executa; diga a sua mãe que mo ouviu da minha boca. O meu tribunal está preparado para lhe minorar a pena em dez anos de degredo para a Índia, e seu pai, segundo me disse na passagem para Vila Real, já preparou as coisas na Suplicação e no Desembargo do Paço, não obstante o morto lá ter parentes poderosos nas duas instâncias. Quiséramos absolvê-lo e restituí-lo à sua família; mas tanto é impossível. Simão matou e confessa soberbamente que matou. Não consente mesmo que se diga que em defesa o fez. É um doido desgraçado com sentimentos nobilíssimos! Chovem cartas de empenho a favor do Albuquerque. Pedem a cabeça do pobre rapaz com uma sem-cerimônia que indigna o ânimo.

— E essa menina que foi a causa da desgraça? — perguntou Manuel.

— Isso é uma heroína! — respondeu o corregedor do crime. — Davam-na já por morta quando Simão chegou aqui. Desde que soube das probabilidades da comutação da pena, deu um pontapé na morte, e está salva, segundo me disse o médico.

— Conhece-a muito bem, minha senhora? — disse o desembargador à dama, suposta irmã de Manuel.

— Muito bem — respondeu ela, relanceando os olhos ao amante.

— Dizem que é formosíssima!

— Decerto — acudiu Manuel — é formosíssima!

— Muito bem — disse o corregedor, erguendo-se. — Leve este abraço ao pai, e diga-lhe que o condiscípulo cá está leal e dedicado como sempre. Eu tenho de lhe escrever brevemente.

— E outro abraço a sua virtuosa mãe — acrescentou o desembargador.

— Vou desconfiado! — disse o Mosqueira ao colega. — Manuel Botelho tinha, há coisa de um ano, fugido para Espanha com uma senhora casada. Aquela mulher que vimos não é irmã dele.

— Pois, se nos mentiu, é patife, por nos obrigar a cortejar uma concubina!... Eu me informarei... — disse o corregedor, ofendido no seu austero pundonor.

E no próximo correio, escrevendo a Domingos Botelho, dizia no período final: “Tive o gosto de conhecer teu filho Manuel e uma das tuas filhas; por ele te mandei um abraço, e por ela te mandaria outro, se fosse moda ensinarem velhos a meninas bonitas como se dão os abraços nos pais".

Estava já Manuel em casa, e cuidava em trastejar uma modesta casa para a açoriana, auxiliado por sua bondosa e indulgente mãe. Domingos Botelho fora informado da vinda, e dissera que não queria ver o filho, avisando-o de que era considerado desertor da cavalaria seis desde que abandonara os estudos, onde estava com licença.

Recebeu depois a carta do corregedor do crime, e mandou imediata e secretamente devassar se em Vila Real estava a senhora que indicava a carta. A espionagem deu-a como certa na estalagem, enquanto Manuel Botelho cuidava nos adornos de uma casa. Escreveu o magistrado ao juiz de fora, e este mandou chamar à sua presença a mulher suspeita e ouviu dela a sua história, sincera e lagrimosamente contada. Condoeu-se o juiz, e revelou ao colega as suas averiguações. Domingos Botelho foi a Vila Real, e hospedou-se em casa do juiz de fora, onde a senhora foi novamente chamada, sendo que ao mesmo tempo o general da província lavrava ordem de prisão para o cadete desertor de cavalaria de Bragança.

A açoriana, em vez do juiz, encontrou um feio homem, de carrancuda sombra, e aparência de intenções sinistras.

— Eu sou o pai de Manuel — disse Domingos Botelho. — Sei a história da senhora. O infame é ele. Vossa senhoria é a vítima. O castigo da senhora principiou desde o momento em que a sua consciência lhe disse que praticou uma ação indigna. Se a consciência lho não disse ainda, ela lho dirá. Donde é?

— Da ilha do Faial — respondeu trêmula a dama.

— Tem família?

— Tenho mãe e irmãs.

— Sua mãe aceitá-la-ia, se a senhora lhe pedisse abrigo?

— Creio que sim.

— Sabe que Manuel é um desertor, que a estas horas está preso ou fugitivo?

— Não sabia...

— Quer isto dizer que a senhora não tem proteção de alguém...

A pobre mulher soluçava, abafada por ânsias, e debulhada em lágrimas.

— Por que não vai para sua mãe?

— Não tenho recursos alguns — respondeu ela.

— Quer partir hoje mesmo? À porta da estalagem, daqui a pouco, encontrará uma liteira e uma criada para acompanhá-la até ao Porto. Lá entregará uma carta. A pessoa a quem escrevo lhe cuidará da passagem para Lisboa. Em Lisboa outra pessoa a levará a bordo da primeira embarcação que sair para os Açores. Estamos combinados? Aceita?

— E beijo as mãos de vossa senhoria... Uma desgraçada como eu não podia esperar tanta caridade.

Poucas horas depois, a esposa do médico...

— Que tinha morrido de paixão e vergonha talvez! — exclama uma leitora sensível.

— Não, minha senhora; o estudante continuava nesse ano a frequentar a Universidade; e, como tinha já vasta instrução em patologia, poupou-se à morte da vergonha, que é uma morte inventada pelo visconde de A. Garrett no *Fr. Luís de Sousa*[31], e à morte da paixão, que é outra morte inventada pelos namorados nas cartas despeitosas, e que não pega nos maridos a quem o século dotou de uns longes de filosofia, filosofia grega e romana, porque bem sabem que os filósofos da antiguidade davam por mimo as mulheres aos seus amigos, quando os seus amigos por favor lhas não tiravam. E esta filosofia hoje então...[32]

---

[31] A. Garrett no *Fr. Luís de Sousa:* João Batista da Silva Leitão de Almeida Garrett: prosador, poeta, dramaturgo e político português (1799-1854). Introdutor do romantismo nas letras lusas. *Frei Luís de Sousa,* de sua autoria, é uma das obras-primas do teatro português. (N. do E.)

[32] "Hoje então!..." Vou-lhes contar um lance memorando dum filósofo da atualidade, lance único pelo qual eu fiquei conhecendo a pessoa. Hoje, 21 de setembro de 1861, estava eu no escritório do ilustre advogado Joaquim Marcelino de Matos, e um cliente entrou, contando o seguinte: "Senhor doutor, eu sou um lojista da rua de...; e fui roubado em oitocentos mil-réis por minha mulher, que fugiu com um amante para Viana. Venho saber se posso querelar, e receber o meu dinheiro". — Pode querelar, respondeu o advogado, se tiver testemunhas. O senhor quer querelar por adultério? — Responde o queixoso: — "O que eu quero é o meu dinheiro". — Mas, redarguiu o consultor, o senhor pode querelar de ambos, dela como adúltera, e dele como receptador do furto. — "E receberei o meu dinheiro?" — Conforme. Eu sei cá se ele tem o seu dinheiro?! O que sei é que não pode pronunciá-la a ela como ladra. — "Mas os meus oitocentos mil-réis?!" — Ah! o senhor não se lhe dá que sua mulher fuja e não volte? — "Não, senhor doutor, que a leve o diabo; o que eu quero é o meu dinheiro". — Pois querele de ambos e

Pois o médico não morreu, nem sequer desmedrou, ou levou *R* significativo de preocupação do ânimo, insensível às amenidades da terapêutica.

A esposa, inquestionavelmente muito mais alquebrada e valetudinária que seu esposo, lavada em pranto, morta de saudades, sem futuro, sem esperanças, sem voz humana que a consolasse, entrou na liteira e chegou ao Porto, onde procurou o corregedor do crime para entregar-lhe uma carta do doutor Domingos Botelho. Um período desta carta dizia assim:

"Deste-me notícia duma filha que eu não conhecia, nem reconheço. A mãe desta senhora está no Faial, para onde ela vai. Cuida tu, ou manda cuidar no seu transporte para Lisboa, e encarrega ali alguém de correr com a passagem dela para os Açores no primeiro navio. A mim me darás conta das despesas. Meu filho Manuel teve ao menos a virtude de não matar ninguém para se constituir amante. Do modo como correm os tempos, muito virtuoso é o rapaz que não mata o marido da mulher que ama. Vê se consegues do general, que está aí, perdão para o rapaz, que é desertor de cavalaria seis, e me consta que está escondido em casa de um parente. Enquanto a Simão, creio que não é possível salvá-lo do degredo temporário... É uma lança em África livrá-lo da forca. Em Lisboa movem-se grandes potências contra o desgraçado, e eu estou malvisto do intendente-geral por abandono do lugar... etc."

Partiu para Lisboa a açoriana, e dali para a sua terra, e para o abrigo de sua mãe, que a julgara morta, e lhe deu anos de vida, se não ditosa, sossegada e desiludida de quimeras.

---

veremos depois. — "Mas não é certo receber o meu dinheiro?!" — Certo não é; veremos se, depois de pronunciado, as autoridades administrativas capturam o ladrão com o seu dinheiro. — "E, se ele o não tiver já?" — redarguiu o marido, consternado. — Se o não tiver já, o senhor vinga-se na querela por adultério. — "E gasta-se alguma coisa?"— Gasta sim; mas vinga-se.—"O que eu queria era o meu dinheiro, senhor doutor; a mulher deixá-la ir, que tem cinquenta anos". — Cinquenta anos! — acudiu o doutor. — O senhor está vingado do amante. Vá para casa, deixe-se de querelas, que o mais desgraçado é ele. (N. do A.)

Manuel Botelho, obtido o perdão pela preponderância do corregedor do crime, mudou de regimento para Lisboa, e aí permaneceu até que, falecido seu pai, pediu a baixa e voltou à província.

❖

CAPÍTULO XVII

João da Cruz, no dia 4 de agosto de 1805, sentou-se à mesa com triste aspecto e nenhum apetite do almoço.

— Não comes, João? — disse-lhe a cunhada.

— Não passa daqui o bocado — respondeu ele, pondo os dedos nos gorgomilos.

— Que tens tu?

— Tenho saudades da rapariga... Dava agora tudo quanto tenho para a ver aqui ao pé de mim, com aqueles olhos que pareciam ir direitos aos desgostos que um homem tem no seu interior. Mal hajam as desgraças da minha vida, que ma fizeram perder, Deus sabe se para pouco, se para sempre!... Se eu não tivesse dado o tiro no almocreve, não vinha a ficar em obrigação ao corregedor, e não se me dava que o filho vivesse ou morresse...

— Mas, se tens saudades — atalhou a senhora Josefa —, manda buscar a rapariga, tem-na cá algum tempo, e torna depois para onde ao senhor Simão.

— Isso não é de homem que põe navalha na cara, Josefa. O rapaz, se ela lhe falta, morre de pasmo dentro daqueles ferros. Isto é veneta que me deu hoje. Sabes que mais? Leve a breca o dinheiro! Amanhã vou ao Porto.

— Pois isso é o que deves fazer.

— Está dito. Quem cá ficar que o ganhe. Vão-se os anéis e fiquem os dedos. Por ora, tem-se resistido a tudo com o meu braço. A rapariga, se ficar com menos, lá se avenha. Assim o quer, assim o tenha.

Reanimou-se a fisionomia do mestre ferrador, e como que os empeços da garganta se iam removendo à medida que planizava a sua ida ao Porto.

Acabara de almoçar, e ficara cismático, encostado à mesa do escano.

— Ainda estás malucando? — tornou Josefa.

— Parece coisa do demônio, mulher!... A rapariga estará doente ou morta?

— Anjo bento da Santíssima Trindade! — exclamou a cunhada, erguendo as mãos. — Que dizes tu, João?

— Estou cá por dentro negro como aquela sertã!

— Isto é flato, homem! Vai tomar ar; trabalha um pouquinho para espaireceres.

João da Cruz passou ao coberto onde tinha o armário da ferragem e a bigorna, e começou a atarracar cravos.

Alguns conhecidos tinham passado, palavreando com ele consoante costumavam, e achavam-no taciturno e nada para graças.

— Que tens tu, João? — dizia um.

— Não tenho nada. Vai à tua vida e deixa-me, que não estou para lérias.

Outro parava e dizia:

— Guarde-o Deus, senhor João.

— E a vossemecê também. Que novidade há?

— Não sei nada.

— Pois então vá com Nossa Senhora, que eu estou cá de candeias às avessas.

O ferrador largava o martelo; sentava-se aos poucos no tronco, e coçava a cabeça com frenesi. Depois recomeçava novamente, e tão alheado o fazia, que estragava o cravo, ou martelava os dedos.

— Isso é coisa do diabo! — exclamou ele; e foi à cozinha procurar a pichorra, que emborcou como qualquer elegante de paixões etéreas se aturde com absinto. — Hei de afogar-te, coisa má, que me estás apertando a alma! — continuou o ferrador, sacudindo os braços, e batendo o pé no soalho.

Voltou ao coberto a tempo que um viandante ia passando sobre a sua possante mula. Envolvia-se o cavaleiro num amplo capote à moda espanhola, sem embargo da calma que fazia. Viam-se-lhe as botas de couro cru, com esporas amarelas afiveladas, e o chapéu derrubado sobre os olhos.

— Ora viva! — disse o passageiro.

— Viva! — respondeu mestre João, relanceando os olhos pelas quatro patas da mula, a ver se tinha obra em que entreter o espírito. — A mula é de rópia e chibança!

— Não é má. Vossemecê é que é o senhor João da Cruz?

— Para o servir.

— Venho aqui pagar-lhe uma dívida.

— A mim? O senhor não me deve nada, que eu saiba.

— Não sou eu que devo; é meu pai, e ele foi que me encarregou de lhe pagar.

— E quem é seu pai?

— Meu pai era um recoveiro de Carção, chamado Bento Machado.

Proferida metade destas palavras, o cavaleiro afastou rapidamente as mangas do capote e desfechou um bacamarte no peito do ferrador. O ferido recuou, exclamando:

— Mataram-me!... Mariana, não te vejo mais!...

O assassino teria dado cinquenta passos a todo o galope da espantada mula, quando João da Cruz, debruçado sobre o banco, arrancava o último suspiro com a cara posta no chão, donde apontara ao peito do almocreve dez anos antes.

Os caminheiros, que perpassaram pelo cavaleiro inadvertidamente, ajuntaram-se em redor do cadáver. Josefa acudiu ao estrondo do tiro, e já não ouviu as últimas palavras de seu cunhado. Quis transportá-lo para dentro, e correr a chamar cirurgião; mas um cirurgião estava no ajuntamento e declarou morto o homem.

— Quem o matou? — exclamaram trinta vozes a um tempo.

Nesse mesmo dia vieram justiças de Viseu lavrar auto e devassar: nenhum indício lhes deu o fio do misterioso assassínio. O escrivão dos órfãos inventariou os objetos encontrados, e fechou as portas quando os sinos corriam o derradeiro dobre ao cair da lousa sobre João da Cruz.

Deus terá descontado nos instintos sanguinários do teu temperamento a nobreza de tua alma! Pensando nas incoerências da tua índole, homem que me explicas a providência, assombram-me as caprichosas antíteses que a mão de Deus infunde em alentos na criatura. Dorme o teu sono infinito, se nenhum outro tribunal te cita a responder pelas vidas que tiraste, e pelo uso que fizeste da tua.

Mas, se há estância de castigo e de misericórdia, as lágrimas de tua filha terão sido, na presença do Juiz Supremo, os teus merecimentos.

Fez Josefa escrever a Mariana, noticiando-lhe a morte de seu pai, mas sobrescritou a carta a Simão Botelho, para maior segurança. Estava Mariana no quarto do preso, quando a carta lhe foi entregue.

— Não conheço a letra, Mariana... E a obreia é preta...

Mariana examinou o sobrescrito, e empalideceu.

— Eu conheço a letra — disse ela —, é do Joaquim da loja. Abra, depressa, senhor Simão... Meu pai morreria?

— Que lembrança! Pois não teve há três dias carta dele? E não disse que estava bom?

— Isso que tem?... Veja quem assina.

Simão buscou a assinatura, e disse:

— *Josefa Maria!*... É sua tia que lhe escreve.

— Leia... leia... Que diz ela? Deixe-me ler a mim...

O preso lia mentalmente, e Mariana instou:

— Leia alto, por quem é, senhor Simão, que estou a tremer... e vossa senhoria descora... Que é, meu Deus?

Simão deixou cair a carta, e sentou-se prostrado de ânimo. Mariana correu a levantar a carta, e ele, tomando-lhe a mão, murmurou:

— Pobre amigo!... Choremo-lo ambos... choremo-lo, Mariana, que o amávamos como filhos...

— Pois morreu? — bradou ela.

— Morreu... mataram-no!...

A moça expediu um grito estrídulo, e foi com o rosto contra os ferros das grades. Simão inclinou-a para o seio, e disse-lhe com muita ternura e veemência:

— Mariana, lembre-se de que é o meu amparo. Lembre-se de que as últimas palavras de seu pai deviam ser recomendar-lhe o desgraçado que recebe das suas mãos benfeitoras o pão da vida. Mariana, minha querida irmã, vença a dor, que pode matá-la, e vença-a por amor de mim. Ouve-me, amiga da minha alma?

Mariana exclamou:

— Deixe-me chorar, por caridade!... Ai! meu Deus, se eu torno a endoidecer!

— Que seria de mim! — atalhou Simão. — A quem deixaria Mariana o seu nobre coração para me suavizar este martírio? Quem me levaria ao desterro uma palavra amiga que me animasse a crer em Deus? Não há de enlouquecer, Mariana, porque eu sei que me estima, que me ama, e que afrontará com coragem a maior desgraça que ainda pode sugerir-me o inferno! Chore, minha irmã, chore; mas veja-me através das suas lágrimas!

❖

CAPÍTULO XVIII

Mariana, decorridos dias, foi a Viseu recolher a herança paterna.

Em proporção com o seu nascimento, bem dotada a deixara o laborioso ferrador. Afora os campos, cujo rendimento bastaria para a sustentação dela, Mariana levantou a laje conhecida da lareira, e achou os quatrocentos mil-réis com que João da Cruz contava para alimentar as regalias de sua decrepitude inerte. Vendeu Mariana as terras e deixou a casa a sua tia, que nascera nela, e onde seu pai casara.

Liquidada a herança, voltou para o Porto, e depositou o seu cabedal nas mãos de Simão Botelho, dizendo que receava ser roubada na casinha em que vivia, fronteira à Relação, na rua de S. Bento.

— Por que vendeu as suas terras, Mariana? — perguntou o preso.

— Vendi-as, porque não faço tenção de lá voltar.

— Não faz?... Para onde há de ir, Mariana, indo eu degredado? Fica no Porto?

— Não, senhor, não fico — balbuciou ela como admirada desta pergunta, à qual o seu coração julgava ter respondido de muito.

— Pois então?

— Vou para o degredo, se vossa senhoria me quiser na sua companhia.

Fingindo-se surpreendido, Simão seria ridículo aos seus próprios olhos.

— Esperava essa resposta, Mariana, e sabia que me não dava outra. Mas sabe o que é o degredo, minha amiga?

— Tenho ouvido dizer muitas vezes o que é, senhor Simão... É uma terra mais quente que a nossa; mas também há lá pão, e vive-se.

— E morre-se abrasado ao sol doentio daquele céu, morre-se de saudades da pátria, morre-se muitas vezes dos maus-tratos dos governadores das galés, que têm um condenado na conta de fera.

— Não há de ser tanto assim. Eu tenho perguntado muito por isso à mulher dum preso, que cumpriu dez anos de sentença na Índia, e viveu muito bem numa terra chamada Solor, onde teve uma tenda; e, se não fossem as saudades, diz ela que não vinha, porque lhe corria melhor por lá a vida que por cá. Eu, se for por vontade do senhor Simão, vou pôr uma lojinha também. Verá como eu amanho a vida. Afeita ao calor estou eu; vossa senhoria não está; mas não há de ter precisão, se Deus quiser, de andar ao tempo.

— E suponha, Mariana, que eu morro apenas chegar ao degredo?

— Não falemos nisso, senhor Simão...

— Falemos, minha amiga, porque eu hei de sentir à hora da morte, a pesar-me na alma, a responsabilidade do seu destino... Se eu morrer?

— Se o senhor morrer, eu saberei morrer também.

— Ninguém morre quando quer, Mariana...

— Oh! se morre!... E vive também quando quer... Não mo disse já a senhora D. Teresa?

— Que lhe disse ela?

— Que estava a passar quando vossa senhoria chegou ao Porto, e que a sua chegada lhe dera vida. Pois há muita gente assim, senhor Simão... E mais a fidalga é fraquinha, e eu sou mulher do campo, vezada a todos os trabalhos; e, se fosse preciso meter uma lanceta no braço e deixar correr o sangue até morrer, fazia-o como quem o diz.

— Ouça-me, Mariana: que espera de mim?

— Que hei de eu esperar!... Por que me diz isso o senhor Simão?

— Os sacrifícios que Mariana tem feito e quer fazer por mim só podiam ter uma paga, embora mos não faça esperando recompensa. Abre-me o seu coração, Mariana?

— Que quer que eu lhe diga?

— Conhece a minha vida também como eu, não é verdade?

— Conheço. E que tem isso?

— Sabe que eu estou ligado pela vida e pela morte àquela desgraçada senhora?

— E daí? Quem lhe diz menos disso?!

— Os sentimentos do coração só os posso agradecer com amizade.

— E eu já lhe pedi mais alguma coisa, senhor Simão?!

— Nada me pediu, Mariana; mas obriga-me tanto, que me faz mais infeliz o peso da obrigação.

Mariana não respondeu; chorou.

— E por que chora? — tornou Simão carinhosamente.

— Isso é ingratidão... e eu não mereço que me diga que o faço infeliz.

— Não me compreendeu... Sou infeliz por não poder fazê-la minha mulher. Eu queria que Mariana pudesse dizer: — "Sacrifiquei-me por meu marido; no dia em que o vi ferido em casa de meu pai, velei as noites a seu lado; quando a desgraça o encerrou entre ferros, dei-lhe o pão que nem seus ricos pais lhe davam; quando o vi sentenciado à forca, endoideci; quando a luz da minha razão me tornou num raio de compaixão divina, corri ao segundo cárcere, alimentei-o, vesti-o, e adornei-lhe as paredes nuas do seu antro; quando o desterraram, acompanhei-o, fiz-me a pátria daquele pobre coração, trabalhei à luz do sol homicida para ele se resguardar do clima, do trabalho, e do desamparo, que o matariam..."

O espírito de Mariana não podia altear-se à expressão do preso; mas o coração adivinhava-lhe as ideias. E a pobre moça sorria e chorava a um tempo. Simão continuou:

— Tem vinte e seis anos, Mariana. Viva, que esta sua existência não pode ser senão um suplício oculto. Viva, que não deve dar tudo a quem lhe não pode restituir senão as lágrimas que eu lhe tenho custado. O tempo do meu desterro não pode estar longe; esperar outro melhor destino seria uma loucura. Se eu ficasse na pátria, livre ou preso, pediria a minha irmã que completasse a obra generosa da sua compaixão, esperando que eu lhe desse a última palavra da minha vida. Mas não vá comigo à África ou à Índia, que sei que voltará sozinha à pátria depois que eu fechar os olhos. Se o meu degredo for temporário e a morte me guardar para maiores naufrágios, voltarei à pátria um dia. É preciso que Mariana aqui esteja para eu poder dizer que venho para a minha família, que tenho aqui uma alma extremosa que me espera. Se a encontrar com marido e filhos, a sua família será a minha. Se a vir livre e só, irei para a companhia de minha irmã. Que me responde, Mariana?

A filha de João da Cruz, erguendo os olhos do pavimento, disse:

— Eu verei o que hei de fazer quando o senhor Simão partir para o degredo...

— Pense desde já, Mariana.

— Não tenho que pensar... A minha tenção está feita...

— Fale, minha amiga; diga qual é a sua tenção.

Mariana hesitou alguns segundos, e respondeu serenamente:

— Quando vir que não lhe sou precisa, acabo com a vida. Cuida que eu ponho muito em me matar? Não tenho pai, não tenho ninguém, a minha vida não faz falta a pessoa nenhuma. O senhor Simão pode viver sem mim? Paciência!... Eu é que não posso...

Susteve o complemento da ideia como quem se peja de uma ousadia. O preso apertou-a nos braços estremecidamente, e disse:

— Irá, irá comigo, minha irmã. Pense muito no infortúnio de nós ambos d'ora em diante, que ele é comum; é um veneno que havemos de tragar unidos, e lá teremos uma sepultura de terra tão pesada como a da pátria.

Desde este dia, um secreto júbilo endoidecia o coração de Mariana. Não inventemos maravilhas de abnegação. Era de mulher o coração de Mariana. Amava como a fantasia se compraz de idear o amor duns anjos que batem as asas de baile em baile, e apenas quedam o tempo preciso para se fazerem ver e adorar a um reflexo de poesia apaixonada. Amava, e tinha ciúmes de Teresa, não ciúmes que se refrigeram na expansão ou no despeito, mas infernos surdos, que não rompiam em labareda aos lábios, porque os olhos se abriam prontos em lágrimas para apagá-la. Sonhava com as delícias do desterro, porque voz humana alguma não iria lá gemer à cabeceira do desgraçado. Se a forçassem a resignar a sua inglória missão de irmã daquele homem, resigná-la-ia, dizendo: "Ninguém o amará como eu; ninguém lhe adoçará as penas tão desinteresseiramente como eu o fiz".

E, contudo, nunca vacilou em aceitar da mão de Teresa ou da mendiga as cartas para Simão. A cada vinco de dor que a leitura daquelas cartas sulcava na fronte do preso, Mariana, que o espreitava disfarçada, tremia em todas as fibras do seu coração, e dizia entre si: — "Para que há de aquela senhora amargurar-lhe a vida?"

E amargurava acerbamente a desditosa menina!

Ressurgiram naquela alma esperanças, que não deviam durar além do tempo necessário para que a desilusão lhe acrisolasse o infortúnio. Imaginara ela a liberdade, o perdão, o casamento, a ventura, a coroa do seu martírio. As suas amigas matizavam-lhe a tela da fantasia, umas porque não conheciam a atroz realidade das coisas, outras porque fiavam em demasia nas orações das virtuosas do mosteiro. Se os vaticínios das profetisas se realizassem, Simão sairia da cadeia, Tadeu de Albuquerque morreria de velhice e de raiva, o casamento seria um ato indisputável, e o céu dos desgraçados principiaria neste mundo.

Porém, Simão Botelho, ao cabo de cinco meses de cárcere, já sabia o seu destino, e achara útil prevenir Teresa, para não sucumbir ao inevitável golpe da separação. Bem queria ele alumiar com esperanças a perspectiva negra do desterro; mas frouxos e frios eram os alívios em que não era parte a convicção nem o sentimento. Teresa não podia sequer iludir-se, porque tinha no peito um despertador que a estava acordando sempre para a hora final, embora o semblante enganasse a condolência dos estranhos.

E, então, era o expandir-se em lástimas nas cartas que escrevia ao seu amigo; invocações a Deus, e sacrílegas apóstrofes ao destino; branduras de paciência e ímpetos de cólera contra o pai; o aferro à vida que lhe foge, e súplicas à morte, que a não livra das torturas da alma e do corpo.

No termo de sete meses o tribunal de segunda instância comutou a pena última em dez anos de degredo para a Índia. Tadeu de Albuquerque acompanhou a Lisboa a apelação, e ofereceu a sua casa a quem mantivesse de pé a forca de Simão Botelho. O pai do condenado, segundo o assustador aviso que seu filho Manuel lhe dera, foi para Lisboa lutar com o dinheiro e as poderosas influências que Tadeu de Albuquerque granjeara na Casa da Suplicação e no Desembargo do Paço. Venceu Domingos Botelho, e, instigado mais do seu capricho que do amor paternal, alcançou do Príncipe Regente a graça de cumprir o condenado a sua sentença na prisão de Vila Real.

Quando intimaram a Simão Botelho a decisão do recurso e a graça do Regente, o preso respondeu que não aceitava a graça; que queria a liberdade do degredo; que protestaria perante os poderes judiciários contra um favor que não implorara e que reputava mais atroz que a morte.

Domingos Botelho, avisado da rejeição do filho, respondeu que fizesse ele a sua vontade; mas que a sua vitória dele sobre os protetores e os corrompidos pelo ouro do fidalgo de Viseu estava plenamente obtida.

Foi aviso ao intendente-geral da polícia, e o nome de Simão Botelho foi inscrito no catálogo dos degredados para a Índia.

❖

CAPÍTULO XIX

A verdade é algumas vezes o escolho de um romance.

Na vida real, recebemo-la como ela sai dos encontrados casos, ou da lógica implacável das coisas; mas, na novela, custa-nos a sofrer que o autor, se inventa, não invente melhor; e, se copia, não minta por amor da arte.

Um romance que estriba na verdade o seu merecimento é frio, é impertinente, é uma coisa que não sacode os nervos, nem tira a gente, sequer uma temporada, enquanto ele nos lembra, deste jogo de nora, cujos alcatruzes somos, uns a subir, outros a descer; movidos pela manivela do egoísmo.

A verdade! Se ela é feia, para que oferecê-la em painéis ao público!?

A verdade do coração humano! Se o coração humano tem filamentos de ferro que o prendem ao barro donde saiu, ou pesam nele e o submergem no charco da culpa primitiva, para que é emergi-lo, retratá-lo e pô-lo à venda!?

Os reparos são de quem tem juízo no seu lugar; mas, pois que eu perdi o meu a estudar a verdade, já agora a desforra que tenho é pintá-la como ela é, feia e repugnante.

A desgraça afervora ou quebranta o amor?

Isso é que eu submeto à decisão do leitor inteligente. Fatos e não teses é o que eu trago para aqui. O pintor retrata uns olhos, e não explica as funções óticas do aparelho visual.

Ao cabo de dezenove meses de cárcere, Simão Botelho almejava um raio de sol, uma lufada de ar não coada pelos ferros, o pavimento do céu, que o da abóbada do seu cubículo pesava-lhe sobre o peito.

Ânsia de viver era a sua; não era já ânsia de amar.

Seis meses de sobressaltos diante da forca deviam distender-lhe as fibras do coração; e o coração, para o amor, quer-se forte e tenso, de uma certa rijeza, que se ganha com o bom sangue, com os anseios das esperanças, e com as alegrias que o enchem e reforçam para os reveses.

Caiu a forca pavorosa aos olhos de Simão; mas os pulsos ficaram em ferros, o pulmão ao ar mortal das cadeias, o espírito *entanguido*[33] na glacial estupidez dumas paredes salitrosas, e dum pavimento que ressoa os derradeiros passos do último padecente, e dum teto que filtra a morte a gotas de água.

O que é o coração, o coração dos dezoito anos, o coração sem remorsos, o espírito anelante de glórias, a cabo de dezoito meses de estagnação da vida?

O coração é a víscera, ferida de paralisia, a primeira que falece sufocada pelas rebeliões da alma que se identifica à natureza, e a quer, e se devora na ânsia dela, e se estorce nas agonias da amputação, para as quais a saudade da ventura extinta é um cautério em brasa; e o amor, que leva ao abismo pelo caminho da sonhada felicidade, não é sequer um refrigério.

Ao deslaçar da garganta a corda da justiça, Simão Botelho teve uma hora de desafogo, como que sentia o patíbulo lascar entre os seus braços, e então convidou o coração da mulher que o perdera a assistir às segundas núpcias da sua vida com a esperança.

Depois, a passo igual, a esperança fugia-lhe para as areias da Ásia, e o coração intumescia-se de fel, o amor afogava-se nele, morte inevitável, quando não há abertura por onde a esperança entre a luzir na escuridão íntima.

Esperança para Simão Botelho, qual?

A Índia, a humilhação, a miséria, a indigência.

E os anelos daquela alma tinham mirado as ambições de um nome. Para a felicidade do amor envidava as forças do talento; mas, além do amor, estava a glória, o renome e a vã imortalidade, que só não é demência nas grandes almas e nos gênios que se sentem previver nas gerações vindouras.

Mas grinaldas de amor a escorrerem sangue dos espinhos, essas infiltram veneno corrosivo no pensamento, apagam no seio a faísca

---

[33] *Entanguido:* Tolhido de frio; acanhado. (N. do E.)

das nobres afoitezas, apoucam a ideia que abrangera mundos e paralisam de mortal espasmo os estos do coração.

Assim te sentias tu, infeliz, quando dezoito meses de cárcere, com o patíbulo ou o degredo na linha do teu porvir, te haviam matado o melhor da alma.

A ti mesmo perguntavas pelo teu passado, e o coração, se ousava responder, retraía-se, recriminado pelos ditames da razão.

De além, daquele convento onde outra existência agonizava, gementes queixas te vinham espremer fel na chaga; tu, que não sabias nem podias consolar, pedias palavras ao anjo da compaixão para ela, e recebias as do demônio do desespero para ti.

Os dez anos de ferros em que lhe quiseram minorar a pena eram-lhe mais horrorosos que o patíbulo. E aceitá-los-ia, porventura, se amasse o céu, onde Teresa bebia o ar, que nos pulmões se lhe formava em peçonha?

Creio: antes a masmorra, onde pode ouvir-se o som abafado de uma voz amiga; antes os paroxismos de dez anos sobre as lajes úmidas duma enxovia, se, na hora extrema, a última faísca da paixão, ao bruxulear para morrer, nos alumia o caminho do céu por onde o anjo do amor desditoso se levantou a dar conta de si a Deus, e a pedir a alma do que ficou.

Teresa pedira a Simão Botelho que aceitasse dez anos de cadeia, e esperasse aí a sua redenção por ela.

> *"Dez anos! — dizia-lhe a enclausurada de Monchique. — Em dez anos terá morrido meu pai e eu serei tua esposa, e irei pedir ao rei que te perdoe, se não tiveres cumprido a sentença. Se vais ao degredo, para sempre te perdi, Simão, porque morrerás, ou não acharás memória de mim, quando voltares."*

Como a pobre se iludia nas horas em que as débeis forças de vida se lhe concentravam no coração!

As ânsias, a lividez, o deperecimento tinham voltado. O sangue, que criara novo, já lhe saía em golfadas com a tosse.

Se por amor ou piedade o condenado aceitasse os ferrolhos três mil seiscentas e cinquenta vezes corridos sobre as suas longas noites solitárias, nem assim Teresa susteria a pedra sepulcral que a vergava de hora a hora.

"Não esperes nada, mártir — escrevia-lhe ele. — A luta com a desgraça é inútil, e eu não posso já lutar. Foi um atroz engano o nosso encontro. Não temos nada neste mundo. Caminhemos ao encontro da morte... Há um segredo que só no sepulcro se sabe. Ver-nos-emos?

Vou. Abomino a pátria, abomino a minha família; todo este solo está aos meus olhos coberto de forcas, e quantos homens falam a minha língua, creio que os ouço vociferar as imprecações do carrasco. Em Portugal, nem a liberdade com a opulência; nem já agora a realização das esperanças que me dava o teu amor, Teresa!

Esquece-te de mim, e adormece no seio do nada. Eu quero morrer, mas não aqui. Apague-se a luz dos meus olhos; mas a luz do céu, quero-a! Quero ver o céu no meu último olhar.

Não me peças que aceite dez anos de prisão. Tu não sabes o que é a liberdade cativa dez anos! Não compreendes a tortura dos meus vinte meses. A voz única que tenho ouvido é a da mulher piedosa que me esmola o pão de cada dia... e a do aguazil que veio dar-me a sarcástica boa-nova de uma graça real, que me comuta o morrer instantâneo da forca pelas agonias de dez anos de cárcere.

Salva-te, se podes, Teresa. Renuncia ao prestígio dum grande desgraçado. Se teu pai te chama, vai. Se tem de renascer para ti uma aurora de paz, vive para a felicidade desse dia. E, se não, morre, Teresa, que a felicidade é a morte, é o desfazerem-se em pó as fibras laceradas pela dor, é o esquecimento que salva das injúrias a memória dos padecentes."

As palavras únicas de Teresa, em resposta àquela carta, significativa da turbação do infeliz, foram estas:

"Morrerei, Simão, morrerei. Perdoa tu ao meu destino... Perdi-te... Bem sabes que sorte eu queria dar-te... e morro, porque não posso, nem poderei jamais resgatar-te. Se podes, vive; não te peço que morras, Simão; quero que vivas para me chorares. Consolar-te-ão meu espírito... Estou tranquila... Vejo a aurora da paz... Adeus até ao céu, Simão".

Seguiram-se a esta carta muitos dias de terrível taciturnidade. Simão Botelho não respondia às perguntas de Mariana. Di-lo-íeis arroubado nas voluptuosas angústias do seu próprio aniquilamento.

A criatura posta por Deus ao lado daqueles dezoito anos tão atribulados chorava; mas as lágrimas, se Simão as via, tiravam-no da mudez sossegada para ímpetos de aflição, que afinal o extenuavam.

Decorreram seis meses ainda.

E Teresa vivia, dizendo às suas consternadas companheiras que sabia ao certo o dia do seu trespasse.

Duas primaveras vira Simão Botelho pelas grades do seu cárcere. A terceira já enflorava as hortas, e esverdeava as florestas do Candal.

Era em março de 1807.

No dia 10 desse mês, recebeu o condenado intimação para sair na primeira embarcação que levava âncora do Douro para a Índia. Nesse tempo vinham aqui os navios buscar os degredados, e recebiam em Lisboa os que tinham igual destino.

Nenhum estorvo impedia o embarque de Mariana, que se apresentou ao corregedor do crime como criada do degredado, com passagem paga por seu amo.

— E a passagem vale-a bem! — disse o galhofeiro magistrado.

Simão assistiu ao encaixotar da sua bagagem, numa quietação terrível, como se ignorasse o seu destino.

Quis muitas vezes escrever a derradeira carta à moribunda Teresa, e nem sinal de lágrimas podia já enviar-lhe no papel.

— Que trevas, meu Deus! — exclamava ele, e arrancava a mãos cheias os cabelos. — Dai-me lágrimas, Senhor! Deixai-me chorar, ou matai-me, que este sofrimento é insuportável.

Mariana contemplava estarrecida estes e outros lances de loucura, ou os não menos medonhos da letargia.

— E Teresa! — bradava ele, surgindo subitamente do seu espasmo. — E aquela infeliz menina que eu matei! Não hei de vê-la mais, nunca mais! Ninguém me levará ao degredo a notícia da sua morte! E, quando eu a chamar para que me veja morrer digno dela, quem te dirá que eu morri, ó mártir?!

❖

CAPÍTULO XX

A 17 de março de 1807, saiu dos cárceres da Relação Simão Antônio Botelho, e embarcou no cais da Ribeira, com 75 companheiros. O filho do ex-corregedor de Viseu, a pedido do desembargador Mourão Mosqueira, e por ordem do regedor das justiças, não ia amarrado com cordas ao braço de algum companheiro. Desceu da cadeia ao embarque, ao lado de um meirinho, e seguido de Mariana, que vigiava os caixões de bagagem. O magistrado, fiel amigo de D. Rita Preciosa, foi a bordo da nau, e recomendou ao comandante que distinguisse o condenado Simão, consentindo-o na tolda, e sentando-o à sua mesa. Chamou Simão de parte, e deu-lhe um cartucho de dinheiro em ouro, que sua mãe lhe enviava. Simão Botelho aceitou o dinheiro, e, na presença de Mourão Mosqueira, pediu ao comandante que fizesse distribuir pelos seus companheiros de degredo o dinheiro que lhe dava.

— É demente o senhor Simão?! — disse o desembargador.

— Tenho a demência da dignidade: por amor da minha dignidade me perdi; quero agora ver a que extremo de infortúnio ela pode levar os seus amantes. A caridade só me não humilha quando parte do coração e não do dever. Não conheço a pessoa que me remeteu este dinheiro[34].

— É sua mãe — tornou Mosqueira.

— Não tenho mãe. Quer vossa excelência remeter-lhe esta esmola rejeitada?

---

[34] Notar a dignidade do personagem, concebida segundo os padrões do heroicismo romântico. Comparar esta recusa de dinheiro (elemento vil e de segunda importância para o romântico) com a recusa da proposta de fuga na página 96 e com outras abnegações heroicas de Simão Botelho. (N. do E.)

— Não, senhor.

— Então, senhor comandante, cumpra o que lhe peço, ou eu atiro com isto ao rio.

O comandante aceitou o dinheiro, e o desembargador saiu de bordo como espantado da sinistra condição do moço.

— Onde é Monchique? — perguntou Simão a Mariana.

— É acolá, senhor Simão — respondeu, indicando-lhe o mosteiro, que se debruça sobre a margem do Douro, em Miragaia.

Cruzou os braços Simão, e viu através do gradeamento do mirante um vulto[35].

Era Teresa.

Na véspera recebera ela o adeus de Simão, e respondera enviando-lhe a trança dos seus cabelos.

Ao anoitecer daquele dia, pediu Teresa os sacramentos, e comungou à grade do coro, onde se foi amparando à sua criada. Parte das horas da noite passou-as sentada ao pé do santuário de sua tia, que toda a noite orou. Algumas vezes pediu que a levassem à janela que se abria para o mar, e não sentia ali a frialdade da viração. Conversava serenamente com as freiras, e despedira-se de todas, uma a uma, indo por seu pé às celas das senhoras entrevadas para lhes dar o beijo da despedida.

Todas cuidavam em reanimá-la, e Teresa sorria, sem responder aos piedosos artifícios com que as boas almas a si mesmas queriam simular esperanças. Ao abrir da manhã, Teresa leu uma a uma as cartas de Simão Botelho. As que tinham sido escritas nas margens do Mondego enterneciam-na a copiosas lágrimas. Eram hinos à felicidade prevista: eram tudo que mais formoso pode dar o coração humano quando a poesia da paixão dá cor ao pensamento, e uma formosa e inspirativa natureza lhe empresta os seus esmaltes. Então lhe acudiam vivas reminiscências daqueles dias: a sua alegria doida, as suas doces tristezas, esperanças a desvanecerem saudades, os mudos colóquios com a irmã querida de Simão, o céu aromático que se lhe alargava à aspiração; sôfrega de vagos desejos, tudo, enfim, que lembra a desgraçados.

Emaçou depois as cartas, e cintou-as com fitas de seda de-

---

[35] Quando escrevi este livro, ainda existia o mirante. Agora, lá, ou aí por perto, está um salão de baile em que dançam nos dias santificados marujos e as damas correspondentes. (N. do A. para a 5ª ed.)

senlaçadas de raminhos de flores murchas, que Simão, dois anos antes, lhe atirara da sua janela ao quarto dela.

As pétalas das flores soltas quase todas se desfizeram, e Teresa, contemplando-as, disse: — "Como a minha vida..." — e chorou beijando os cálices desfolhados das primeiras que recebera.

Deu as cartas a Constança, e encarregou-a de uma ordem, a respeito delas, que logo veremos cumprida.

Depois foi orar, e esteve ajoelhada meia hora, com meio corpo reclinado sobre uma cadeira. Erguendo-se, quase tirada pela violência, aceitou uma xícara de caldo, e murmurou com um sorriso: — "Para a viagem..."

Às nove horas da manhã pediu a Constança que a acompanhasse ao mirante, e, sentando-se em ânsias mortais, nunca mais desfitou os olhos da nau, que já estava de verga alta, esperando a leva dos degredados.

Quando viu, a dois e dois, entrarem no tombadilho, os condenados, Teresa teve um breve acidente, em que a já frouxa claridade dos olhos se lhe apagou, e as mãos convulsas pareciam querer aferrar a luz fugitiva.

Foi então que Simão Botelho a viu.

E ao mesmo tempo atracou à nau um bote em que vinha a pobre de Viseu, chamando Simão. Foi ele ao portaló, e, estendendo o braço à mendiga, recebeu o pacotinho das suas cartas. Reconheceu ele que a primeira não era sua, pela lisura do papel, mas não a abriu.

Ouviu-se a voz de levar âncora e largar amarras. Simão encostou-se à amurada da nau, com os olhos fitos no mirante.

Viu agitar-se um lenço, e ele respondeu com o seu àquele aceno. Desceu a nau ao mar, e passou fronteira ao convento. Distintamente Simão viu um rosto e uns braços suspensos das reixas de ferro; mas não era Teresa aquele rosto; seria antes um cadáver que subiu da claustra ao mirante, com os ossos da cara inçados ainda das herpes da sepultura.

— É Teresa? — perguntou Simão a Mariana.

— É, senhor, é ela — disse num afogado gemido a generosa criatura, ouvindo o seu coração dizer-lhe que a alma do condenado iria breve no seguimento daquela por quem se perdera.

De repente aquietou o lenço que se agitava no mirante, e entreviu Simão um movimento impetuoso de alguns braços e o desaparecimento de Teresa e do vulto de Constança, que ele divisara mais tarde.

A nau parou defronte de Sobreiras. Uma nuvem no horizonte da barra e o súbito encapelamento das ondas causaram a suspensão da viagem anunciada pelo comandante. Em seguida, velejou da Foz uma catraia com o piloto-mor, que mandava lançar ferro até novas ordens. Mais tarde adiou-se a saída para o dia seguinte.

E, no entanto, Simão Botelho, como o cadáver embalsamado, cujos olhos artificiais rebrilham cravados e imotos num ponto, lá tinha os seus imersos na interior escuridade do miradouro. Nenhum sinal de vida. E as horas passaram até que o derradeiro raio do sol se apagou nas grades do mosteiro.

Ao escurecer, voltou de terra o comandante, o contemplou, com os olhos embaciados de lágrimas, o desterrado, que contemplava as primeiras estrelas, iminentes ao mirante.

— Procura-a no céu? — disse o nauta.

— Se a procuro no céu!... — repetiu maquinalmente Simão.

— Sim!... No céu deve ela estar.

— Quem, senhor?

— Teresa.

— Teresa!... Morreu?!

— Morreu, além, no mirante, donde ela estava acenando.

Simão curvou-se sobre a amurada, e fitou os olhos na torrente. O comandante lançou-lhe os braços e disse:

— Coragem, grande desgraçado, coragem! Os homens do mar também creem em Deus! Espere que o céu se abra para si pelas súplicas daquele anjo!

Mariana estava um passo atrás de Simão, e tinha as mãos erguidas.

— Acabou-se tudo!... — murmurou Simão. — Eis-me livre... para a morte... Senhor comandante — continuou ele energicamente —, eu não me suicido. Pode deixar-me.

— Peço-lhe que se recolha à câmara. O seu beliche está ao pé do meu.

— É obrigatório recolher-me?

— Para vossa senhoria não há obrigações; há rogos: peço-lhe, não mando.

— Vou, e agradeço a compaixão.

Mariana seguiu-o com aquele olhar quebrado e mavioso do *Jau*[36], quando o poeta desembarcava, segundo a ideia apaixonada do cantor de Camões.

---

[36] *Jau:* Personagem de *Camões,* poema em verso de Almeida Garrett, com o qual se iniciou o romantismo em Portugal. O poema conta a vida do autor de *Os Lusíadas*. (N. do E.)

Encarou nela Simão, e disse ao comandante:

— E esta infeliz?

— Que o siga... — respondeu o compassivo homem do mar, que cria em Deus.

Simão recolheu-se ao beliche, e o comandante sentou-se em frente dele, e Mariana ficou no escuro da câmara a chorar.

— Fale, senhor Simão! — disse o comandante. — Desafogue e chore.

— Chorei, senhor!

— Eu não tinha imaginado uma angústia igual à sua. A invenção humana não criou ainda um quadro tão atroz. Arrepiam-se-me os cabelos, e tenho visto espetáculos horríveis na terra e no mar.

Acintemente, o comandante estava provocando Simão ao desabafo. Não respondia o condenado. Ouvia os soluços de Mariana, e tinha os olhos postos no maço de cartas, que pusera sobre uma banqueta.

O capitão prosseguiu:

— Quando em Miragaia me contaram a morte daquela senhora, pedi a uma pessoa relacionada no convento que me levasse a ouvir de alguma freira a triste história. Uma religiosa ma contou; mas eram mais os gemidos que as palavras. Soube que ela, quando descíamos na altura do Douro, proferia em alta voz: — "Simão, adeus até à eternidade!" — E caiu nos braços de uma criada. A criada gritou, outras foram ao mirante, e a trouxeram meio morta para baixo, ou morta, melhor direi, que nenhuma palavra mais lhe ouviram. Depois, contaram-me o que ela penara em dois anos e nove meses naquele mosteiro; o amor que ela lhe tinha, e as mil mortes que ali padeceu; de cada vez que a esperança lhe morria. Que desgraçada menina, e que desgraçado moço o senhor é!

— Por pouco tempo... — disse Simão, como se o dissesse a si próprio, ou a própria imaginação estivesse dialogando consigo.

— Creio, creio, por pouco tempo — prosseguiu o capitão —, mas, se os amigos pudessem salvá-lo, senhor, eu dar-lhos-ia na Índia mais fiéis que em Portugal. Prometo-lhe, sob a minha palavra de honra, alcançar do vizo-rei a sua residência em Goa. Prometo segurar-lhe um decente princípio de vida e as comodidades que fazem a existência tão saudável como ela é na Ásia. Não o intimide a ideia do degredo, senhor Simão. Viva, faça por vencer-se, e será feliz.

— O seu silêncio, por piedade, senhor... — atalhou o degredado.

— Bem sei que é cedo ainda para planizar futuros. Desculpe à simpatia que me inspira a indiscrição, mas aceite um amigo nesta hora atribulada.

— Aceito, e preciso dele... Mariana! — chamou Simão. — Venha aqui, se este cavalheiro o permite.

Mariana entrou no quarto.

— Esta mulher tem sido a minha providência — disse Simão. — Porque ela me valeu, não senti a fome em dois anos e nove meses de cárcere. Tudo que tinha vendeu para me sustentar e vestir. Aqui vai comigo esta criatura. Seja respeitável aos seus olhos, senhor, porque ela é tão pura como a verdade o deve ser nos lábios dum moribundo. Se eu morrer, senhor comandante, aceite o legado de a amparar com a sua caridade como se ela fosse minha irmã. Se ela quiser voltar à sua pátria, seja o seu protetor na passagem. — E, estendendo-lhe a mão, disse com transporte: — Promete-me isto, senhor?

— Juro-lho.

O comandante, obrigado a subir ao tombadilho, deixou Simão com Mariana.

— Estou tranquilo pelo seu futuro, minha amiga.

— Eu já o estava, senhor Simão — respondeu ela.

Não se trocaram palavras por largo espaço. Simão apoiou a face sobre a mesa, e apertou com as mãos as fontes arquejantes. Mariana, de pé, ao lado dele, fitava os olhos na luz mortiça da lâmpada oscilante, e cismava, como ele, na morte.

E o nordeste sibilava, como um gemido, nas gáveas da nau.

❖

CONCLUSÃO

Às onze horas da noite o comandante recolhera-se num beliche de passageiros, e Mariana, sentada no pavimento, com o rosto sobre os joelhos, parecia sucumbir ao quebranto das trabalhosas e aflitivas horas daquele dia.

Simão Botelho velava, prostrado no camarote, com os braços cruzados sobre o peito, e os olhos fitos na luz que balançava, pendente de um arame. O ouvido tê-lo-ia, talvez, atento a um assobio da ventania: devia de soar-lhe como um ai plangente aquele silvo agudo, voz única no silêncio da terra e céu.

À meia-noite estendeu Simão o braço trêmulo ao maço das cartas que Teresa lhe enviara, e contemplou um pouco a que estava ao de cima, que era dela. Rompeu a obreia, e dispôs-se no camarote para alcançar o baço clarão da lâmpada.

Dizia assim a carta:

"É já o meu espírito que te fala, Simão. A tua amiga morreu. A tua pobre Teresa, à hora em que leres esta carta, se me Deus não engana, está em descanso.

Eu devia poupar-te a esta última tortura; não devia escrever-te; mas perdoa à tua esposa do céu a culpa, pela consolação que sinto em conversar contigo a esta hora, hora final da noite da minha vida. Quem te diria que eu morri, se não fosse eu mesma, Simão?

Daqui a pouco, perderás da vista este mosteiro; correrás milhares de léguas, e não acharás, em parte alguma do mundo, voz humana que te diga: — A infeliz espera-te noutro mundo, e pede ao Senhor que te resgate.

Se te pudesses iludir, meu amigo, quererias antes pensar que eu ficava com vida e com esperança de ver-te na volta do degredo?

Assim pode ser, mas, ainda agora, neste solene momento, me domina a vontade de fazer-te sentir que eu não podia viver. Parece que a mesma infelicidade tem às vezes vaidade de mostrar que o é, até não podê-lo ser mais! Quero que digas: – Está morta, e morreu quando eu lhe tirei a última esperança.

Isto não é queixar-me, Simão: não é. Talvez que eu pudesse resistir alguns dias à morte, se tu ficasses; mas, de um modo ou de outro, era inevitável fechar os olhos quando se rompesse o último fio, este último que se está partindo, e eu mesma o ouço partir.

Não vão estas palavras acrescentar a tua pena. Deus me livre de ajuntar um remorso injusto à tua saudade.

Se eu pudesse ainda ver-te feliz neste mundo; se Deus permitisse à minha alma esta visão!... Feliz, tu, meu pobre condenado!... Sem o querer, o meu amor agora te fazia injúria, julgando-te capaz de felicidade! Tu morrerás de saudade se o clima do desterro te não matar ainda antes de sucumbires à dor do espírito.

A vida era bela, era, Simão, se a tivéssemos como tu ma pintavas nas tuas cartas, que li há pouco! Estou vendo a casinha que tu descrevias defronte de Coimbra, cercada de árvores, flores e aves. A tua imaginação passeava comigo às margens do Mondego, à hora pensativa do escurecer. Estrelava-se o céu, e a lua abrilhantava a água. Eu respondia com a mudez do coração ao teu silêncio, e, animada por teu sorriso, inclinava a face ao teu seio, como se fosse ao de minha mãe. Tudo isto li nas tuas cartas; e parece que cessa o despedaçar da agonia enquanto a alma se está recordando. Noutra carta, me falavas em triunfos e glórias e imortalidade do teu nome. Também eu ia após da tua aspiração, ou adiante dela, porque o maior quinhão dos teus prazeres de espírito queria eu que fosse meu. Era criança há três anos, Simão, e já entendia os teus anelos de glória, e imaginava-os realizados como obra minha, se me tu dizias, como disseste muitas vezes, que não serias nada sem o estímulo do meu amor.

Oh! Simão, de que céu tão lindo caímos! À hora que te escrevo, estás tu para entrar na nau dos degredados, e eu na sepultura.

Que importa morrer, se não podemos jamais ter nesta vida a nossa esperança de há três anos?! Poderias tu com a desesperança e com a vida, Simão? Eu não podia. Os instantes do dormir eram os escassos benefícios que Deus me concedia; a morte é mais que uma necessidade, é uma misericórdia divina, uma bem-aventurança para mim.

E que farias tu da vida sem a tua companheira de martírio? Onde irás tu aviventar o coração que a desgraça te esmagou, sem o esquecimento da imagem desta dócil mulher, que seguiu cegamente a estrela da tua malfadada sorte?!

Tu nunca hás de amar, não, meu esposo? Terias pejo de ti mesmo, se uma vez visses passar rapidamente a minha sombra por diante dos teus olhos enxutos? Sofre, sofre ao coração da tua amiga estas derradeiras perguntas, a que tu responderás, no alto-mar, quando esta carta leres.

Rompe a manhã. Vou ver minha última aurora... a última dos meus dezoito anos!

Abençoado sejas, Simão! Deus te proteja, e te livre de uma agonia longa. Todas as minhas angústias Lhe ofereço em desconto das tuas culpas. Se algumas impaciências a justiça divina me condena, oferece tu a Deus, meu amigo, os teus padecimentos, para que eu seja perdoada.

Adeus! À luz da eternidade parece-me que já te vejo, Simão!"

Ergueu-se o degredado, olhou em redor de si e fitou com espasmo Mariana, que levantava a cabeça ao menor movimento dele. — Que tem, senhor Simão? — disse ela, erguendo-se. — Estava aqui, Mariana?... Não se vai deitar?!

— Não vou; o comandante deu-me licença de ficar aqui.

— Mas há de assim passar a noite?! Rogo-lhe que vá, porque não é necessário o seu sacrifício.

— Se o não incomodo, deixe-me aqui estar, senhor Simão.

— Esteja, minha amiga, esteja... Poderei subir ao convés?

— Quer ir ao convés, senhor Botelho? — disse o comandante, lançando-se do beliche.

— Queria, senhor comandante.

— Iremos juntos.

Simão ajuntou a carta de Teresa ao maço das suas, e saiu cambaleando. No convés sentou-se num monte de cordame, e contemplou o mirante de Monchique, que avultara negro ao sopé da serra penhascosa em que atualmente vai a rua da Restauração.

O capitão passeava da proa à ré, mas com o ouvido fito aos movimentos do degredado. Receara ele o propósito do suicídio, porque Mariana lhe incutira semelhante suspeita. Queria o marítimo falar-lhe palavras consoladoras, mas pensava consigo: — "O que há de dizer-se a um homem que sofre assim?" — E parava junto dele algumas vezes, como para desviar-lhe o espírito daquele mirante.

— Eu não me suicido! — exclamou abruptamente Simão Botelho. — Se a sua generosidade, senhor capitão, se interessa em que eu viva, pode dormir descansado a sua noite, que eu não me suicido.

— Mas mereço-lhe eu a condescendência de descer comigo à câmara?

— Irei; mas eu lá sofro mais, senhor.

Não replicou o comandante, e continuou a passear no convés, apesar das rajadas de vento.

Mariana estava agachada entre os pacotes da carga, a pouca distância de Simão. O comandante viu-a, falou-lhe, e retirou-se.

Às três horas da manhã, Simão Botelho segurou entre as mãos a testa, que se lhe abria abrasada pela febre. Não pôde ter-se sentado, e deixou cair meio corpo. A cabeça, ao declinar, pousou no seio de Mariana.

— O Anjo da compaixão sempre comigo! — murmurou ele. — Teresa foi muito mais desgraçada...

— Quer descer ao camarote? — disse ela.

— Não poderei... Ampare-me, minha irmã.

Deu alguns passos para a escadinha, e olhou ainda sobre o mirante. Desceu a íngreme escada, apegando-se às cordas. Lançou-se sobre o colchão, e pediu água, que bebeu insaciavelmente. Seguiu-se a febre, o estorcimento, e as ânsias, com intervalos de delírio.

De manhã veio a bordo um facultativo, por convite do capitão. Examinando o condenado, disse que era febre maligna a doença, e bem podia ser que ele achasse a sepultura no caminho da Índia.

Mariana ouviu o prognóstico, e não chorou.

Às onze horas saiu barra fora a nau. Às ânsias da doença acresceram as do enjoo. A pedido do comandante, Simão bebia remédios, que bolsava logo, revoltos pelas contrações do vômito.

Ao segundo dia de viagem, Mariana disse a Simão:

— Se o meu irmão morrer, que hei de eu fazer àquelas cartas que vão na caixa?

Pasmosa serenidade a desta pergunta!

— Se eu morrer no mar — disse ele —, Mariana, atire ao mar todos os meus papéis, todos; e estas cartas que estão debaixo do meu travesseiro também.

Passada uma ânsia, que lhe embargava a voz, Simão continuou:

— Se eu morrer, que tenciona fazer, Mariana?

— Morrerei, senhor Simão.

— Morrerá?!... Tanta gente desgraçada que eu fiz!...

A febre aumentava. Os sintomas da morte eram visíveis aos olhos do capitão, que tinha sobeja experiência de ver morrerem centenares de condenados, feridos da febre do mar, e desprovidos de alguns medicamentos.

Ao quarto dia, quando a nau se movia ronceira defronte de Cascais, sobreveio tormenta súbita. O navio fez-se ao largo muitas milhas, e, perdido o rumo de Lisboa, navegou desnorteado. Ao sexto dia de navegação incerta, por entre espessas brumas, partiu-se o leme defronte de Gibraltar. E, em seguida ao desastre, aplacaram as refegas, desencapelaram-se as ondas, e nasceu, com a aurora do dia seguinte, um formoso dia de primavera. Era o dia 27 de março, o nono da enfermidade de Simão Botelho.

Mariana tinha envelhecido. O comandante, encarando nela, exclamou:

— Parece que volta da Índia com os dez anos de trabalhos já passados!...

— Já acabados... decerto... — disse ela.

Ao anoitecer desse dia o condenado delirou pela última vez, e dizia assim no seu delírio:

"A casinha, defronte de Coimbra, cercada de árvores, flores e aves. Passeavas comigo à margem do Mondego, à hora pensativa do escurecer. Estrelava-se o céu, e a lua abrilhantava a água. Eu respondia com a mudez do coração ao teu silêncio, e, animada por teu sorriso, inclinava a face ao teu seio, como se fosse o de minha mãe... De que céu tão lindo caímos!... A tua amiga morreu... A tua pobre Teresa.

"E que farias tu da vida sem a tua companheira de martírio?... Onde irás tu aviventar o coração que a desgraça te esmagou?... Rompe a manhã... Vou ver a minha última aurora... a última dos meus dezoito anos. Oferece a Deus os teus padecimentos, para que eu seja perdoada... Mariana..."

Mariana colou os ouvidos aos lábios roxos do moribundo, quando cuidou ouvir o seu nome.

"Tu virás ter conosco; ser-te-emos irmãos no céu... O mais puro anjo serás tu... se és deste mundo, irmã; se és deste mundo, Mariana..."

A transição do delírio para a letargia completa era o anúncio infalível do trespasse.

Ao romper da manhã apagara-se a lâmpada. Mariana saíra a

pedir luz e ouvira um gemido estertoroso. Voltando às escuras, com os braços estendidos para tatear a face do agonizante, encontrou a mão convulsa, que lhe apertou uma das suas, e relaxou de súbito a pressão dos dedos.

Entrou o comandante com uma lâmpada, e aproximou-lha da respiração, que não embaciou levemente o vidro.

— Está morto! — disse ele.

Mariana curvou-se sobre o cadáver, e beijou-lhe a face. Era o primeiro beijo. Ajoelhou depois ao pé do beliche com as mãos erguidas, e não orava nem chorava.

Algumas horas volvidas, o comandante disse a Mariana:

— Agora é tempo de dar sepultura ao nosso venturoso amigo... É ventura morrer quando se vem a este mundo com tal estrela. Passe a senhora Mariana ali para a câmara, que vai ser levado daqui o defunto.

Mariana tirou o maço das cartas debaixo do travesseiro, e foi a uma caixa buscar os papéis de Simão. Atou o rolo no avental, que ele tinha daquelas lágrimas dela, choradas no dia da sua demência, e cingiu o embrulho à cintura.

Foi o cadáver envolto num lençol, e transportado ao convés.

Mariana seguiu-o.

Do porão da nau foi trazida uma pedra, que um marujo lhe atou às pernas com um pedaço de cabo. O comandante contemplava a cena triste com os olhos úmidos, e os soldados que guarneciam a nau, tão funeral respeito os impressionara, que insensivelmente se descobriram.

Mariana estava, no entanto, encostada ao flanco da nau, e parecia estupidamente encarar aqueles empuxões que o marujo dava ao cadáver, para segurar a pedra na cintura.

Dois homens ergueram o morto ao alto sobre a amurada. Deram-lhe o balanço para o arremessarem longe. E, antes que o baque do cadáver se fizesse ouvir na água; todos viram, e ninguém já pôde segurar Mariana, que se atirara ao mar.

À voz do comandante desamarraram rapidamente o bote, e saltaram homens para salvar Mariana.

Salvá-la!...

Viram-na, um momento, bracejar, não para resistir à morte, mas para abraçar-se ao cadáver de Simão, que uma onda lhe atirou aos braços. O comandante olhou para o sítio donde Mariana se atirara, e viu, enleado no cordame, o avental, e à flor da água, um rolo de papéis, que os marujos recolheram na lancha. Eram, como sabem, a correspondência de Teresa e Simão.

Da família de Simão Botelho vive ainda, em Vila Real de Trás-os-Montes, a senhora D. Rita Emília da Veiga Castelo Branco, a irmã predileta dele[37]. A última pessoa falecida, há vinte e seis anos, foi Manuel Botelho, pai do autor deste livro.

❖

[37] Morreu em 1872. (N. do A. para a 5ª ed.)

AMOR DE PERDIÇÃO*

Camilo Castelo Branco

1. a) Qual o fator que serve de obstáculo à união do par amoroso presente na obra?

b) Em que outra obra de cultura universal podemos observar o mesmo conflito?

2. a) O que move as ações dos personagens?

b) Quais elementos nos permitem associar *Amor de perdição* à estética romântica? Transcreva duas passagens do texto que comprovem sua resposta.

3. Observa-se ao longo da obra uma drástica transformação no comportamento do personagem Simão Botelho. Discorra sobre essa mudança, procurando apontar suas causas.

4. Com base nas personagens Teresa e Mariana, comente o papel da mulher na obra de Camilo Castelo Branco.

5. A posição social tem importante papel em diferentes culturas, inclusive na portuguesa. Sua influência se faz notar constantemente

* Para que o professor possa trabalhar o Guia de Leitura com os alunos em sala de aula, não publicamos, aqui, o gabarito das questões. No entanto, pode-se obtê-lo entrando em contato conosco pelo telefone: (11) 3672 8144. Disponibilizamos o gabarito apenas para professores.

nas relações entre os personagens de *Amor de perdição*. Disserte sobre a questão da *hierarquia*, tomando como ponto de partida a obra em questão.

6. Nas últimas linhas de seu prefácio para a quinta edição, Camilo Castelo Branco escreve: “Se, por virtude de metempsicose, eu reaparecer na sociedade do século XXI, talvez me regozije de ver outra vez as lágrimas em moda nos braços da retórica, e esta 5ª edição quase esgotada”.

Na sua opinião, a hipótese levantada pelo autor em relação ao leitor do século XXI se comprova? Justifique.

Questões de vestibular

1. (UNICAMP) *Amor de Perdição* é um romance de Camilo Castelo Branco em que a instituição "família" desempenha um papel decisivo.

a) Estabeleça um paralelo entre os papéis exercidos pela família Albuquerque sobre Teresa e aqueles exercidos pela família Botelho sobre Simão.

b) Nesse romance, um dos tópicos importantes é o da relação entre pais e filhos: contraste as relações que se dão na família de João da Cruz, por um lado, com as que se dão nas famílias Botelho e Albuquerque, por outro.

2. (UNICAMP) Camilo Castelo Branco, em *Amor de Perdição*, demonstra particular cuidado na construção de um personagem cuja fala reproduzimos abaixo. No trecho escolhido, o personagem tenta dissuadir Simão Botelho de tentar encontrar-se com a amada.

"Sr. Simão, V. S^{a} não sabe nada do mundo... Paixões... que as leve o diabo, e mais quem com elas engorda. Por causa de uma mulher, ainda que ela seja filha do rei, não se há de um homem botar a perder. Mulheres há tantas como a praga, e são como as rãs do charco, que mergulha uma, e aparecem quatro à tona da água. Um homem rico e fidalgo como V. S^{a}, onde quer topa uma com um palmo de cara como se quer e um dote de encher o olho. Deixe-a ir com Deus ou com a breca, que ela, se tiver de ser sua, à mão lhe há de vir dar, tanto faz andar para trás como para diante: é ditado dos antigos."

Leia o trecho citado e resolva as seguintes questões:

a) Qual é o personagem que se dirige dessa maneira a Simão Botelho e em que eles se diferenciam?
b) "Deixe-a ir com Deus ou com a breca." A quem se refere o personagem? Ir para onde e por quê?

3. (Unicamp) No prefácio da quinta edição portuguesa de *Amor de perdição*, Camilo Castelo Branco afirmava ironicamente

"Eu não cessarei de dizer mal desta novela que tem a boçal inocência de não devassar alcovas, a fim de que as senhoras possam ler nas salas, em presença de suas filhas ou de suas mães, e não precisem esconder-se com o livro no seu quarto de banho. Dizem, porém, que o *Amor de perdição* fez chorar. Mau foi isso. Mas agora, como indenização, faz rir: tornou-se cômico pela seriedade antiga (...). E por isso mesmo se reimprime. O bom-senso público relê isto, compara com aquilo, e vinga-se barrufando(*) com frouxos de riso realista as páginas que há dez anos anos aljofarava(**) com lágrimas românticas."

(*) Barrufando: variante de borrifando
(**) Aljofarava: orvalhava.

Como você pode notar, o autor faz referência a duas escolas literárias para explicar como *Amor de perdição* produziria, no público leitor, por ocasião de sua reimpressão, uma reação completamente diferente daquela ao ser publicado pela primeira vez. Considerando tal afirmação:

a) Cite um episódio do romance que poderia provocar lágrimas nos leitores da primeira edição e ataques de "riso realista" nos leitores da quinta edição.
b) Como se explica uma reação tão diferente por parte dos leitores dessas duas edições?

4. (UEL) Sobre *Amor de perdição*, do escritor português Camilo Castelo Branco, assinale a alternativa **incorreta**:

a) *Amor de perdição* é uma novela ultrarromântica, marcada pelo sentimento passional e pelo idealismo amoroso, confirmando, assim, duas das principais características do período, que foram o subjetivismo e a luta individual do herói.

b) Narrada em terceira pessoa, a novela segue as convenções tradicionais da narrativa de ficção, como a sequência temporal dos acontecimentos e a linearidade do enredo, apresentando também referências históricas e biográficas.

c) O ultrarromantismo da novela é quebrado por tendências realistas observadas no posicionamento da personagem Mariana e na forma pouco subjetiva como a realidade é tratada numa ficção documental.

d) Mariana é a principal agente de comunicação entre Simão e Teresa, figurando como personagem auxiliar que promove a união amorosa entre os dois adolescentes apaixonados, embora não possa dela participar.

e) A personagem Mariana, encarnando o amor romântico, com pureza e resignação, e a personagem Teresa, representando a mulher inacessível e idealizada, encontram na morte a plenitude do amor idealizado, nesta novela da segunda fase romântica da literatura portuguesa.

❖

O objetivo, a filosofia e a missão da Editora Martin Claret

O principal objetivo da Martin Claret é contribuir para a difusão da educação e da cultura, por meio da democratização do livro, usando os canais de comercialização habituais, além de criar novos.

A filosofia de trabalho da Martin Claret consiste em produzir livros de qualidade a um preço acessível, para que possam ser apreciados pelo maior número possível de leitores.

A missão da Martin Claret é conscientizar e motivar as pessoas a desenvolver e utilizar o seu pleno potencial espiritual, mental, emocional e social.

O livro muda as pessoas. Revolucione-se: leia mais para ser mais!

MARTIN CLARET

Relação dos Volumes Publicados

1. **Dom Casmurro**
Machado de Assis
2. **O Príncipe**
Maquiavel
3. **Mensagem**
Fernando Pessoa
4. **O Lobo do Mar**
Jack London
5. **A Arte da Prudência**
Baltasar Gracián
6. **Iracema / Cinco Minutos**
José de Alencar
7. **Inocência**
Visconde de Taunay
8. **A Mulher de 30 Anos**
Honoré de Balzac
9. **A Moreninha**
Joaquim Manuel de Macedo
10. **A Escrava Isaura**
Bernardo Guimarães
11. **As Viagens - "Il Milione"**
Marco Polo
12. **O Retrato de Dorian Gray**
Oscar Wilde
13. **A Volta ao Mundo em 80 Dias**
Júlio Verne
14. **A Carne**
Júlio Ribeiro
15. **Amor de Perdição**
Camilo Castelo Branco
16. **Sonetos**
Luís de Camões
17. **O Guarani**
José de Alencar
18. **Memórias Póstumas de Brás Cubas**
Machado de Assis
19. **Lira dos Vinte Anos**
Álvares de Azevedo
20. **Apologia de Sócrates / Banquete**
Platão
21. **A Metamorfose/Um Artista da Fome/Carta a Meu Pai**
Franz Kafka
22. **Assim Falou Zaratustra**
Friedrich Nietzsche
23. **Triste Fim de Policarpo Quaresma**
Lima Barreto
24. **A Ilustre Casa de Ramires**
Eça de Queirós
25. **Memórias de um Sargento de Milícias**
Manuel Antônio de Almeida
26. **Robinson Crusoé**
Daniel Defoe
27. **Espumas Flutuantes**
Castro Alves
28. **O Ateneu**
Raul Pompéia
29. **O Noviço / O Juiz de Paz da Roça / Quem Casa Quer Casa**
Martins Pena
30. **A Relíquia**
Eça de Queirós
31. **O Jogador**
Dostoiévski
32. **Histórias Extraordinárias**
Edgar Allan Poe
33. **Os Lusíadas**
Luís de Camões
34. **As Aventuras de Tom Sawyer**
Mark Twain
35. **Bola de Sebo e Outros Contos**
Guy de Maupassant
36. **A República**
Platão
37. **Elogio da Loucura**
Erasmo de Rotterdam
38. **Caninos Brancos**
Jack London
39. **Hamlet**
William Shakespeare
40. **A Utopia**
Thomas More
41. **O Processo**
Franz Kafka
42. **O Médico e o Monstro**
Robert Louis Stevenson
43. **Ecce Homo**
Friedrich Nietzsche
44. **O Manifesto do Partido Comunista**
Marx e Engels
45. **Discurso do Método / Regras para a Direção do Espírito**
René Descartes
46. **Do Contrato Social**
Jean-Jacques Rousseau
47. **A Luta pelo Direito**
Rudolf von Ihering
48. **Dos Delitos e das Penas**
Cesare Beccaria
49. **A Ética Protestante e o Espírito do Capitalismo**
Max Weber
50. **O Anticristo**
Friedrich Nietzsche
51. **Os Sofrimentos do Jovem Werther**
Goethe
52. **As Flores do Mal**
Charles Baudelaire
53. **Ética a Nicômaco**
Aristóteles
54. **A Arte da Guerra**
Sun Tzu
55. **Imitação de Cristo**
Tomás de Kempis
56. **Cândido ou o Otimismo**
Voltaire
57. **Rei Lear**
William Shakespeare
58. **Frankenstein**
Mary Shelley
59. **Quincas Borba**
Machado de Assis
60. **Fedro**
Platão
61. **Política**
Aristóteles
62. **A Viuvinha / Encarnação**
José de Alencar
63. **As Regras do Método Sociológico**
Émile Durkheim
64. **O Cão dos Baskervilles**
Sir Arthur Conan Doyle
65. **Contos Escolhidos**
Machado de Assis
66. **Da Morte / Metafísica do Amor / Do Sofrimento do Mundo**
Arthur Schopenhauer
67. **As Minas do Rei Salomão**
Henry Rider Haggard
68. **Manuscritos Econômico-Filosóficos**
Karl Marx
69. **Um Estudo em Vermelho**
Sir Arthur Conan Doyle
70. **Meditações**
Marco Aurélio
71. **A Vida das Abelhas**
Maurice Materlinck
72. **O Cortiço**
Aluísio Azevedo
73. **Senhora**
José de Alencar
74. **Brás, Bexiga e Barra Funda / Laranja da China**
Antônio de Alcântara Machado
75. **Eugênia Grandet**
Honoré de Balzac
76. **Contos Gauchescos**
João Simões Lopes Neto
77. **Esaú e Jacó**
Machado de Assis
78. **O Desespero Humano**
Sören Kierkegaard
79. **Dos Deveres**
Cícero
80. **Ciência e Política**
Max Weber
81. **Satíricon**
Petrônio
82. **Eu e Outras Poesias**
Augusto dos Anjos
83. **Farsa de Inês Pereira / Auto da Barca do Inferno / Auto da Alma**
Gil Vicente
84. **A Desobediência Civil e Outros Escritos**
Henry David Toreau
85. **Para Além do Bem e do Mal**
Friedrich Nietzsche
86. **A Ilha do Tesouro**
R. Louis Stevenson
87. **Marília de Dirceu**
Tomás A. Gonzaga
88. **As Aventuras de Pinóquio**
Carlo Collodi
89. **Segundo Tratado Sobre o Governo**
John Locke
90. **Amor de Salvação**
Camilo Castelo Branco
91. **Broquéis/Faróis/ Últimos Sonetos**
Cruz e Souza
92. **I-Juca-Pirama / Os Timbiras / Outros Poemas**
Gonçalves Dias
93. **Romeu e Julieta**
William Shakespeare
94. **A Capital Federal**
Arthur Azevedo
95. **Diário de um Sedutor**
Sören Kierkegaard
96. **Carta de Pero Vaz de Caminha a El-Rei Sobre o Achamento do Brasil**
97. **Casa de Pensão**
Aluísio Azevedo
98. **Macbeth**
William Shakespeare

99. Édipo Rei/Antígona
Sófocles

100. Lucíola
José de Alencar

101. As Aventuras de Sherlock Holmes
Sir Arthur Conan Doyle

102. Bom-Crioulo
Adolfo Caminha

103. Helena
Machado de Assis

104. Poemas Satíricos
Gregório de Matos

105. Escritos Políticos / A Arte da Guerra
Maquiavel

106. Ubirajara
José de Alencar

107. Diva
José de Alencar

108. Eurico, o Presbítero
Alexandre Herculano

109. Os Melhores Contos
Lima Barreto

110. A Luneta Mágica
Joaquim Manuel de Macedo

111. Fundamentação da Metafísica dos Costumes e Outros Escritos
Immanuel Kant

112. O Príncipe e o Mendigo
Mark Twain

113. O Domínio de Si Mesmo Pela Auto-Sugestão Consciente
Émile Coué

114. O Mulato
Aluísio Azevedo

115. Sonetos
Florbela Espanca

116. Uma Estadia no Inferno / Poemas / Carta do Vidente
Arthur Rimbaud

117. Várias Histórias
Machado de Assis

118. Fédon
Platão

119. Poesias
Olavo Bilac

120. A Conduta para a Vida
Ralph Waldo Emerson

121. O Livro Vermelho
Mao Tsé-Tung

122. Oração aos Moços
Rui Barbosa

123. Otelo, o Mouro de Veneza
William Shakespeare

124. Ensaios
Ralph Waldo Emerson

125. De Profundis / Balada do Cárcere de Reading
Oscar Wilde

126. Crítica da Razão Prática
Immanuel Kant

127. A Arte de Amar
Ovídio Naso

128. O Tartufo ou O Impostor
Molière

129. Metamorfoses
Ovídio Naso

130. A Gaia Ciência
Friedrich Nietzsche

131. O Doente Imaginário
Molière

132. Uma Lágrima de Mulher
Aluísio Azevedo

133. O Último Adeus de Sherlock Holmes
Sir Arthur Conan Doyle

134. Canudos - Diário de uma Expedição
Euclides da Cunha

135. A Doutrina de Buda
Siddharta Gautama

136. Tao Te Ching
Lao-Tsé

137. Da Monarquia / Vida Nova
Dante Alighieri

138. A Brasileira de Prazins
Camilo Castelo Branco

139. O Velho da Horta/Quem Tem Farelos?/Auto da Índia
Gil Vicente

140. O Seminarista
Bernardo Guimarães

141. O Alienista / Casa Velha
Machado de Assis

142. Sonetos
Manuel du Bocage

143. O Mandarim
Eça de Queirós

144. Noite na Taverna / Macário
Álvares de Azevedo

145. Viagens na Minha Terra
Almeida Garrett

146. Sermões Escolhidos
Padre Antonio Vieira

147. Os Escravos
Castro Alves

148. O Demônio Familiar
José de Alencar

149. A Mandrágora / Belfagor, o Arquidiabo
Maquiavel

150. O Homem
Aluísio Azevedo

151. Arte Poética
Aristóteles

152. A Megera Domada
William Shakespeare

153. Alceste/Electra/Hipólito
Eurípedes

154. O Sermão da Montanha
Huberto Rohden

155. O Cabeleira
Franklin Távora

156. Rubáiyát
Omar Khayyám

157. Luzia-Homem
Domingos Olímpio

158. A Cidade e as Serras
Eça de Queirós

159. A Retirada da Laguna
Visconde de Taunay

160. A Viagem ao Centro da Terra
Júlio Verne

161. Caramuru
Frei Santa Rita Durão

162. Clara dos Anjos
Lima Barreto

163. Memorial de Aires
Machado de Assis

164. Bhagavad Gita
Krishna

165. O Profeta
Khalil Gibran

166. Aforismos
Hipócrates

167. Kama Sutra
Vatsyayana

168. O Livro da Jângal
Rudyard Kipling

169. De Alma para Alma
Huberto Rohden

170. Orações
Cícero

171. Sabedoria das Parábolas
Huberto Rohden

172. Salomé
Oscar Wilde

173. Do Cidadão
Thomas Hobbes

174. Porque Sofremos
Huberto Rohden

175. Einstein: o Enigma do Universo
Huberto Rohden

176. A Mensagem Viva do Cristo
Huberto Rohden

177. Mahatma Gandhi
Huberto Rohden

178. A Cidade do Sol
Tommaso Campanella

179. Setas para o Infinito
Huberto Rohden

180. A Voz do Silêncio
Helena Blavatsky

181. Frei Luís de Sousa
Almeida Garrett

182. Fábulas
Esopo

183. Cântico de Natal/ Os Carrilhões
Charles Dickens

184. Contos
Eça de Queirós

185. O Pai Goriot
Honoré de Balzac

186. Noites Brancas e Outras Histórias
Dostoiévski

187. Minha Formação
Joaquim Nabuco

188. Pragmatismo
William James

189. Discursos Forenses
Enrico Ferri

190. Medéia
Eurípedes

191. Discursos de Acusação
Enrico Ferri

192. A Ideologia Alemã
Marx & Engels

193. Prometeu Acorrentado
Ésquilo

194. Iaiá Garcia
Machado de Assis

195. Discursos no Instituto dos Advogados Brasileiros / Discurso no Colégio Anchieta
Rui Barbosa

196. Édipo em Colono
Sófocles

197. A Arte de Curar pelo Espírito
Joel S. Goldsmith

198. Jesus, o Filho do Homem
Khalil Gibran

199. Discurso sobre a Origem e os Fundamentos da Desigualdade entre os Homens
Jean-Jacques Rousseau

200. Fábulas
La Fontaine

201. O Sonho de uma Noite de Verão
William Shakespeare

202. **Maquiavel, o Poder**
José Nivaldo Junior

203. **Ressurreição**
Machado de Assis

204. **O Caminho da Felicidade**
Huberto Rohden

205. **A Velhice do Padre Eterno**
Guerra Junqueiro

206. **O Sertanejo**
José de Alencar

207. **Gitanjali**
Rabindranath Tagore

208. **Senso Comum**
Thomas Paine

209. **Canaã**
Graça Aranha

210. **O Caminho Infinito**
Joel S. Goldsmith

211. **Pensamentos**
Epicuro

212. **A Letra Escarlate**
Nathaniel Hawthorne

213. **Autobiografia**
Benjamin Franklin

214. **Memórias de Sherlock Holmes**
Sir Arthur Conan Doyle

215. **O Dever do Advogado / Posse de Direitos Pessoais**
Rui Barbosa

216. **O Tronco do Ipê**
José de Alencar

217. **O Amante de Lady Chatterley**
D. H. Lawrence

218. **Contos Amazônicos**
Inglês de Souza

219. **A Tempestade**
William Shakespeare

220. **Ondas**
Euclides da Cunha

221. **Educação do Homem Integral**
Huberto Rohden

222. **Novos Rumos para a Educação**
Huberto Rohden

223. **Mulherzinhas**
Louise May Alcott

224. **A Mão e a Luva**
Machado de Assis

225. **A Morte de Ivan Ilicht / Senhores e Servos**
Leon Tolstói

226. **Álcoois e Outros Poemas**
Apollinaire

227. **Pais e Filhos**
Ivan Turguêniev

228. **Alice no País das Maravilhas**
Lewis Carroll

229. **À Margem da História**
Euclides da Cunha

230. **Viagem ao Brasil**
Hans Staden

231. **O Quinto Evangelho**
Tomé

232. **Lorde Jim**
Joseph Conrad

233. **Cartas Chilenas**
Tomás Antônio Gonzaga

234. **Odes Modernas**
Anntero de Quental

235. **Do Cativeiro Babilônico da Igreja**
Martinho Lutero

236. **O Coração das Trevas**
Joseph Conrad

237. **Thais**
Anatole France

238. **Andrômaca / Fedra**
Racine

239. **As Catilinárias**
Cícero

240. **Recordações da Casa dos Mortos**
Dostoiévski

241. **O Mercador de Veneza**
William Shakespeare

242. **A Filha do Capitão / A Dama de Espadas**
Aleksandr Púchkin

243. **Orgulho e Preconceito**
Jane Austen

244. **A Volta do Parafuso**
Henry James

245. **O Gaúcho**
José de Alencar

246. **Tristão e Isolda**
Lenda Medieval Celta de Amor

247. **Poemas Completos de Alberto Caeiro**
Fernando Pessoa

248. **Maiakósvski**
Vida e Poesia

249. **Sonetos**
William Shakespeare

250. **Poesia de Ricardo Reis**
Fernando Pessoa

251. **Papéis Avulsos**
Machado de Assis

252. **Contos Fluminenses**
Machado de Assis

253. **O Bobo**
Alexandre Herculano

254. **A Oração da Coroa**
Demóstenes

255. **O Castelo**
Franz Kafka

256. **O Trovejar do Silêncio**
Joel S. Goldsmith

257. **Alice na Casa dos Espelhos**
Lewis Carrol

258. **Miséria da Filosofia**
Karl Marx

259. **Júlio César**
William Shakespeare

260. **Antônio e Cleópatra**
William Shakespeare

261. **Filosofia da Arte**
Huberto Rohden

262. **A Alma Encantadora das Ruas**
João do Rio

263. **A Normalista**
Adolfo Caminha

264. **Pollyanna**
Eleanor H. Porter

265. **As Pupilas do Senhor Reitor**
Júlio Diniz

266. **As Primaveras**
Casimiro de Abreu

267. **Fundamentos do Direito**
Léon Duguit

268. **Discursos de Metafísica**
G. W. Leibniz

269. **Sociologia e Filosofiia**
Émile Durkheim

270. **Cancioneiro**
Fernando Pessoa

271. **A Dama das Camélias**
Alexandre Dumas (filho)

272. **O Divórcio / As Bases da Fé / e outros textos**
Rui Barbosa

273. **Pollyanna Moça**
Eleanor H. Porter

274. **O 18 Brumário de Luís Bonaparte**
Karl Marx

275. **Teatro de Machado de Assis**
Antologia

276. **Cartas Persas**
Montesquieu

277. **Em Comunhão com Deus**
Huberto Rohden

278. **Razão e Sensibilidade**
Jane Austen

279. **Crônicas Selecionadas**
Machado de Assis

280. **Histórias da Meia-Noite**
Machado de Assis

281. **Cyrano de Bergerac**
Edmond Rostand

282. **O Maravilhoso Mágico de Oz**
L. Frank Baum

283. **Trocando Olhares**
Florbela Espanca

284. **O Pensamento Filosófico da Antiguidade**
Huberto Rohden

285. **Filosofia Contemporânea**
Huberto Rohden

286. **O Espírito da Filosofia Oriental**
Huberto Rohden

287. **A Pele do Lobo / O Badejo / o Dote**
Artur Azevedo

288. **Os Bruzundangas**
Lima Barreto

289. **A Pata da Gazela**
José de Alencar

290. **O Vale do Terror**
Sir Arthur Conan Doyle

291. **O Signo dos Quatro**
Sir Arthur Conan Doyle

292. **As Máscaras do Destino**
Florbela Espanca

293. **A Confissão de Lúcio**
Mário de Sá-Carneiro

294. **Falenas**
Machado de Assis

295. **O Uraguai / A Declamação Trágica**
Basílio da Gama

296. **Crisálidas**
Machado de Assis

297. **Americanas**
Machado de Assis

298. **A Carteira de Meu Tio**
Joaquim Manuel de Macedo

299. **Catecismo da Filosofia**
Huberto Rohden

300. **Apologia de Sócrates**
Platão (Edição bilingue)

301. **Rumo à Consciência Cósmica**
Huberto Rohden

302. **Cosmoterapia**
Huberto Rohden

303. **Bodas de Sangue**
Federico García Lorca

304. **Discurso da Servidão Voluntária**
Étienne de La Boétie

305. **Categorias**
Aristóteles

306. **Manon Lescaut**
Abade Prévost

307. **Teogonia / Trabalho e Dias**
Hesíodo

308. **As Vítimas-Algozes**
Joaquim Manuel de Macedo

309. **Persuasão**
Jane Austen

310. **Agostinho** - *Huberto Rohden*

311. **Roteiro Cósmico**
Huberto Rohden

312. **A Queda dum Anjo**
Camilo Castelo Branco

313. **O Cristo Cósmico e os Essênios** - *Huberto Rohden*

314. **Metafísica do Cristianismo**
Huberto Rohden

315. **Rei Édipo** - *Sófocles*

316. **Livro dos provérbios**
Salomão

317. **Histórias de Horror**
Howard Phillips Lovecraft

318. **O Ladrão de Casaca**
Maurice Leblanc

Série Ouro
(Livros com mais de 400 p.)

1. **Leviatã**
Thomas Hobbes

2. **A Cidade Antiga**
Fustel de Coulanges

3. **Crítica da Razão Pura**
Immanuel Kant

4. **Confissões**
Santo Agostinho

5. **Os Sertões**
Euclides da Cunha

6. **Dicionário Filosófico**
Voltaire

7. **A Divina Comédia**
Dante Alighieri

8. **Ética Demonstrada à Maneira dos Geômetras**
Baruch de Spinoza

9. **Do Espírito das Leis**
Montesquieu

10. **O Primo Basílio**
Eça de Queirós

11. **O Crime do Padre Amaro**
Eça de Queirós

12. **Crime e Castigo**
Dostoiévski

13. **Fausto**
Goethe

14. **O Suicídio**
Émile Durkheim

15. **Odisseia**
Homero

16. **Paraíso Perdido**
John Milton

17. **Drácula**
Bram Stocker

18. **Ilíada**
Homero

19. **As Aventuras de Huckleberry Finn**
Mark Twain

20. **Paulo – O 13º Apóstolo**
Ernest Renan

21. **Eneida**
Virgílio

22. **Pensamentos**
Blaise Pascal

23. **A Origem das Espécies**
Charles Darwin

24. **Vida de Jesus**
Ernest Renan

25. **Moby Dick**
Herman Melville

26. **Os Irmãos Karamazovi**
Dostoiévski

27. **O Morro dos Ventos Uivantes**
Emily Brontë

28. **Vinte Mil Léguas Submarinas**
Júlio Verne

29. **Madame Bovary**
Gustave Flaubert

30. **O Vermelho e o Negro**
Stendhal

31. **Os Trabalhadores do Mar**
Victor Hugo

32. **A Vida dos Doze Césares**
Suetônio

33. **O Moço Loiro**
Joaquim Manuel de Macedo

34. **O Idiota**
Dostoiévski

35. **Paulo de Tarso**
Huberto Rohden

36. **O Peregrino**
John Bunyan

37. **As Profecias**
Nostradamus

38. **Novo Testamento**
Huberto Rohden

39. **O Corcunda de Notre Dame**
Victor Hugo

40. **Arte de Furtar**
Anônimo do século XVII

41. **Germinal**
Émile Zola

42. **Folhas de Relva**
Walt Whitman

43. **Ben-Hur — Uma História dos Tempos de Cristo**
Lew Wallace

44. **Os Maias**
Eça de Queirós

45. **O Livro da Mitologia**
Thomas Bulfinch

46. **Os Três Mosqueteiros**
Alexandre Dumas

47. **Poesia de Álvaro de Campos**
Fernando Pessoa

48. **Jesus Nazareno**
Huberto Rohden

49. **Grandes Esperanças**
Charles Dickens

50. **A Educação Sentimental**
Gustave Flaubert

51. **O Conde de Monte Cristo (Volume I)**
Alexandre Dumas

52. **O Conde de Monte Cristo (Volume II)**
Alexandre Dumas

53. **Os Miseráveis (Volume I)**
Victor Hugo

54. **Os Miseráveis (Volume II)**
Victor Hugo

55. **Dom Quixote de La Mancha (Volume I)**
Miguel de Cervantes

56. **Dom Quixote de La Mancha (Volume II)**
Miguel de Cervantes

57. **As Confissões**
Jean-Jacques Rousseau

58. **Contos Escolhidos**
Artur Azevedo

59. **As Aventuras de Robin Hood**
Howard Pyle